启真馆 出品

胡洪侠 著

夜书房

初集

ZHEJIANG UNIVERSITY PRESS
浙江大学出版社

《夜书房》初集新序

　　《夜书房》一书曾由岳麓书社于六七年前印了一版仿皮精装，只印千册，销行不广，书店里早就看不到了。我很看重《夜书房》中自己的书话文字，当年编书时也很用心拣选、分类，自然希望它走得远一些，经历多一些，聚集的目光更明亮些，而不是躲在朋友的书房里独自寂寞。现在寂寞的好书真多，我的这本小书还不具备寂寞的资格，所以托浙江大学出版社王志毅、周红聪他们的福，《夜书房》终于可以焕然一新，重新上路了。

　　前面我说"看重"，不是说我自己写得如何好，而是当年写得很用心、很辛苦，也很快乐。以现在的心情回看，那时的"用心"确实是"另一种心情"：活泼自在，高远明亮。此旧书新版其实只是旧梦重温，我知道许多东西已然难以复活，而且难以复制。既如此，这本小书就权当是一封写给那个时代的信，我重新寄出，如遍撒英雄帖一般，希望喜欢的人能收到。

胡洪侠

2017 年 10 月 11 日，深圳

目 录

床前明月光

她找书，我找她"找书的书"

"代我献上一吻，我亏欠它良多"

前几天，一位朋友去了伦敦。SARS 时代，她竟然不怕人家的"隔离术"，勇气可嘉。

临行前她打电话问我需要些什么书，我想了想，想得出中文书名，却列不出英文书目。我只说："你一定要去查令十字路转转，去找一找 84 号，看看这家当年远近闻名的旧书店如今是什么模样，别忘了拍照片。"

糟了！放下电话后我想，我忘了给她念念海莲·汉芙的这段话：

卖这些好书给我的好心人已在数月前去世了，书店老板马克先生也已不在人间。但是，书店还在那儿，你们若恰好路经查令十字路84号，代我献上一吻，我亏欠它良多……

海莲·汉芙是34年前的4月11日说的这番话。整整28年后，1997年的4月9日，她带着无限憾意离开人世。她1916年4月15日出生在美国。

怪事！怎么都是4月？

其实，伦敦好玩的地方有得是，我本不该烦我的朋友非去查令十字路不可。我早已经知道，书店不在那儿了，马克与柯恩书店早已停业，听说查令十字路84号现在改卖唱片了。

然而，对要去伦敦的人，你怎么能不提查令十字路？这条全世界无与伦比的"旧书街"，是所有爱书人的"麦加城"，一辈子至少要去一次的。况且，在84号，又发生过让无数人如痴如醉的故事……

"她的书店，她的法兰克"

这个故事，我是在《万象》杂志 1999 年第 3 期上读到的。恺蒂这期的文章叫《书缘·情缘》，她讲道：

1949 年 10 月 5 日，一封简单的商业信函从纽约发到伦敦，信上说："我是位穷作家，但对书却有一些'珍本'般的爱好，我所要的书在这里都很难买到……寄上我最急需的书的名单，如果你们有干干净净不超过 5 美元一本的二手货，请买了寄来。"

写这封信的人名叫海莲·汉芙（Helene Hanff）（恺蒂译为海伦娜·汉弗，为叙述方便，本文采用台湾繁体字译本的译名，不再一一注明），是居住在纽约的自由撰稿人，平日写些电视剧剧本之类的糊口。她酷爱读书，却不喜欢读崭新的书，又嫌美国书价太贵，于是顺着《星期六文学评论》广告上提供的线索，把信写到了查令十字路 84 号。从此她开始和这家书店通信，时间长达 20 年。书店这边最常给她写信的人叫法兰克·铎尔（Frank Doel）。汉芙的信写得轻松活泼，天马行空，妙趣横生。铎尔的信虽然中规中矩，但也不乏英式幽默。

当时英国战后经济萧条，肉蛋食品限时限量供应，汉芙得知后，不断地寄美国的火腿、鲜蛋等让英国人眼睛发亮的东西给书店，让铎尔分给店员。这位信中经常喊穷却又如此慷慨的"书迷"，让每一个店员都觉得温暖，把她视为远方的亲人，纷纷写信表达谢意，并一再邀请她来英国伦敦看看。

他们一年年不断地邀请，连她来了伦敦住什么地方都安排好了，还保证她一定会有愉快的英伦之旅。汉芙真想来查令十字路看看"她的书店"是什么样子，可是她总也攒不够旅途的费用。她和铎尔的"书情"随通信与日俱增，她也真想看看朋友们戏称的"她的法兰克"究竟是一个什么样的人。去伦敦做客的计划一改再改，直到1969年1月8日，她接到书店老板秘书的一封信，说铎尔先生已于十几天前去世了……

一束信变成了一本书

1999年3月,正是我开始为一本杂志瞎忙的日子。看了这个故事,有些感伤。恺蒂的文章还说,泪尽之后,汉芙觉得体内像被掏空了一样冰凉,想起这20年间的通信,用一条丝带扎成一捆,几次搬家,竟还静静地躺在抽屉里。仿佛是为了了却一桩心愿,汉芙将它们结集出版,书名就叫《查令十字路84号》。也许是她时来运转,也许是铎尔在天之灵保佑,此书在美国大受欢迎,成了畅销书。于是我也动过去找这本书的念头。可是,书在异国他乡,无从找起,加上当时为杂志找稿子才是"第一要务",就把此事放下了。3年之后,我去了伦敦,到了查令十字路,竟然也没有想起来。所以我让朋友说什么也要去看看,算是替我补课。

我在伦敦没想起来,在爱丁堡却开始满大街找这本书,"书缘"一事有时真莫名其妙。

临去英国前,我照例想准备几本书,好消磨旅途中有"途"无"旅"时的寂寞时光。我选了约翰逊的一本小说,又顺手把恺蒂的新书《书缘·情缘》装进包里。伦敦、剑桥、约克……英伦岛上由南向北，"大篷车"一样地追景赶路，田野、教堂、博物馆都看不仔细，哪里有时间看随身带的书？到了爱丁堡，旅程终于出现"逗号"，已经"顿号"了很多天了，到了最北边，接着该南返了，爱丁堡的日程因此稍稍从容几分。晚上，我在一个酒吧喝了几杯当地的威士忌（真没觉出好喝），回酒店后想读点什么，于是拿出恺蒂的书，找《书缘·情缘》来看。越看越觉得内容熟悉，突然想到，我不就在发生"书情"故事的国家吗？当年不是想过要找《查令十字路84号》吗？于是兴奋不已，一夜难眠。除《查令十字路84号》（*84, Charing Cross Road*）外，汉芙后来又出了版了《布鲁姆斯布里的女公爵》（*The Duchess of Bloomsbury Street*）和《Q 的遗产》（*Q's Legacy*）。我写成一个英文书单，准备第二天去书店碰碰运气。

她来了，可是他走了

《查令十字路 84 号》在美国成了畅销书，也感动了英国的出版商，1971 年，英国版本出版，好评如潮。出版社于是决定出资请汉芙来伦敦一趟，实现她二十几年的夙愿。这一年的 6 月 17 日，汉芙终于踏上让她魂牵梦绕的地方，下榻在大英博物馆旁布鲁姆斯布里区的一家古旧的饭店，盘桓一月有余。《布鲁姆斯布里的女公爵》即是她记述英伦之旅的日记。

铎尔已经去世两年多了，她这时候再去查令十字路 84 号，心里的痛楚可想而知：

"她跨下了一辆黑色的计程车，纤巧单薄的女人，游移的目光掠过那一家家摆着书的橱窗，68 号、72 号、76 号、78 号、82 号……寻寻觅觅，像是丢了件宝物。最终她停了下来，但面前的 84 号却是空空如也。灰蒙蒙的玻璃窗里面蛛网遍织的书架东倒西歪，地上散落着废纸，满是尘埃。推门进去，没有想象中的惊喜问候，空空的楼梯通向另一些同样废弃了的房间。孤身女人想张口告诉主人她已到来，她信守了诺言，但空屋中并无人回应，只有一阵冷风袭过，泪水顺着面颊静静地流淌下来。"一段书缘，还是一段情缘，竟让这位纽约的独居女人千里迢迢为了伦敦这间破落关门的书店而如此神伤？手中握着的那本薄薄的小书，是为了还查令十字路84号的哪一种心愿？（恺蒂《书缘·情缘》）

爱丁堡的秋天很好：阳光很好，天蓝得很好，天气凉爽得很好，远处城堡的塔尖，在绿树掩映中，耸立得很好。找书店找累了，我坐在路边的木椅上，看着这一切，想的是汉芙在书店里流泪的场景和她手中握着的那本书，那当然是《查令十字路84号》了。20年前伦敦出的书，如今我在爱丁堡的"书缘"能和这座美丽的城市一样好吗？

人生有时就是寻找一本书

汉芙的故事因找书而起。找书找出了一本书，我如今又在找这本找书的书。

或者，人生有时候就是寻找一本书。

寻找一本书，一本老的书，其实就是在和时间拔河，时间脚步不停，把你拉向未来，拉向未知。当你知道时间经过的地方有你的一本书，你就执意不肯随时间前行了，你相信那本书在某个地方等着你去找。找到了她，你就是这场小小拔河赛的暂时的赢家，你可以让她带你回到那个时间，那个地点，演绎一段情思，续上一段故事。万一不能相遇，也只好承认错过，没有什么好说的。

寻找一本书不比寻找一份爱容易，或许二者根本就是一回事。

对她说了句"中文"：拜拜！

　　那条街叫皇后大道？记不真切了。那家书店的招牌倒认得，是一家连锁店，我在伦敦就逛过的，应该译成"水石"？这样的连锁店，格局相似，书籍的分类标识也一样，我的单词量还够用，可是，要一架书一架书地去翻，难度不小（该说"很大"才符合事实）。我在传记部分找，在文学部分找，在畅销书部分找，甚至在艺术部分找，结果都令人"兴奋"：不知有没有，反正找不着，"兴奋"正是因为希望并没有破灭，寻找的路尚未到头。

　　身边没带"翻译"，只好向服务生"求救"。这一招管用，该早想到才是，我把英文书单给她看，她说你去一楼。我欣喜若狂，原来在一楼，我跑到三楼干什么？可是我刚刚从一楼上来的，没见一楼有这类的书啊。我又把一楼扫一遍，没有。见一边有服务台，一小姐守着台电脑，这才明白，人家大概是让我到一楼找电脑去查。她没说清还是我没听清？管它呢。电脑小姐接过书单，噼里啪啦一通，笑了，说："二楼。"我也笑了，说了句英语："Thank you!"外加一句"中文"：拜拜!

二楼的一位小姐把我带到"传记"区。这一部分按作者姓名的字母顺序排列。HELENE HANFF……H……H……哈! 有一本小 32 开的书，躲在大开本书的里面，书脊上有"84"字样。原来在这里!

我装作若无其事的样子，又指了指书单上另外两本书的名字。她一个劲地摇头，我跟着她一个劲地点头，心想，谢天谢地，已经够了。

去收银台付账前，我翻着这本轻轻的小书，不胜感慨。从酒店里起一心想找，到书店里找到它，不过十几个小时，已经解释了"书缘"二字，剩下的两本，换个地方再找吧。翻着翻着，突然发现，这虽然是重印的平装本，却是"合二为一"的合订本，书单上的第二本《布鲁姆斯布里的女公爵》（*The Duchess of Bloomsbury Street*）也在其中。嗨! 这服务员竟然不知道，看来她们也不怎么看书的，和我们那里的书店小姐们差不多。于是甚感欣慰：我们书店服务员的素质看来已经和国际接轨了。

人生苦短，好书也苦短

看原版《查令十字路84号》的版权页，发现这本书仅在英国就由两家出版社先后重印了21次，不可谓不畅销。可是，我们有那么多盯着国际出版畅销行情的"出版家"，怎么没人引进这本书呢？怪事一桩！

也许会有港台译本？此念一起，回国后马上策划香港之行。说来也巧，内地一家出版社工作人员有事去香港，需我陪同。更巧的是，去香港的第一天，我就在天地书局"碰"到了台湾时报公司的繁体字译本，译者是陈建铭。我不知道该如何表达惊喜，抓过一本，看都不看，放进手中抱着的那一堆书里，用另外一本书压上，好像它会飞走似的。我现在就是不看，说不看就不看，连翻都不翻。得等到回酒店，开一盏亮亮的灯，慢慢掀开封面，慢慢地读。它太薄了，如果心急，一会儿就会看完的。不能太快。人生苦短，好书也苦短，生活总有"求慢"的时候。

台湾的评论者说，《查令十字路84号》1970年首版问世，直到 2002 年，通过陈建铭的翻译，才有中文版与你我见面。可见，人与人结缘、人与书结缘，都不是一件容易的事。1949 年，汉芙开始和铎尔通信，50 多年后，我们才有机会遇见这样一本奇书，也才知道查令十字路这条街，它比整个世界还要大。

"书情"的故事结束了

《查令十字路 84 号》的最后一封信，是法兰克·铎尔的女儿席拉写给汉芙的信。因为这封信，这本书的故事得以开始，而"书情"的故事也就结束了，结束于 1969 年 10 月：

请相信我，其实我们心中一直惦记着您，只是不知如何将这样的意念用文辞表达……我们很高兴得知您的出版计划，也同意并很愿意提供这些信件供您作为出书之用。我们现在搬到可爱的新家，常常会想：如果父亲依然健在，一定也会喜欢这儿。再多的悲痛也无济于事。虽然父亲生前从未拥有财富、权势，但他始终是一个快乐自得又具有丰富内涵的人，我们应该以拥有一位这样的亲人而深感欣慰。也许只是为了冲淡愁思，我们得尽量让自己忙碌着……

还有许多人也在忙碌着。到了1975年，汉芙家中的鞋盒子里装满了英国书迷的信，BBC决定把这一传奇故事搬上荧屏。1981年，英国戏剧界把它改编为舞台剧，在伦敦最好的剧院上演了三个月而盛况不衰。1987年，这本小书又改编成了一部大电影，英国导演大卫·修·琼斯执导，著名演员安娜·班克劳馥饰演汉芙，饰演铎尔的演员我们更熟悉：大大有名的安东尼·霍普金斯，演英国老绅士谁能比得上他？

书缘情缘之间的一根红线

我开始寻找电影版《查令十字路84号》。台湾版的影碟市面上可能会有，可是我不会要，因为陈建铭说，台译片名居然成了《迷阵血影》，对白字幕亦惨不忍睹。

"迷阵血影"？简直离谱离到了天上。翻遍全书，汉芙的文字只有一处与"血"有关："我得去睡了。我会做一个可怕的梦——披着道袍的妖魔鬼怪，拎着一把血淋淋的屠刀——上面分别标示着'段''节''选''删'等字眼，霍霍朝我追来……"这封信，汉芙是在斥责那本选编得很差的《巨匠当代文库》，噩梦的"标示"都带着书卷气，哪里会有什么"迷阵血影"？莫非电影加入了谋杀内容？可是恺蒂明明说，电影介绍中是这样说的："这部片子旨在反映两种爱情，一是汉芙对书的激情之爱，二是她对铎尔的精神之爱。"恺蒂说，电影终于在书缘和情缘之间系了根红线。

要"红线"，不要"血影"。不知我那位朋友如今找到查令十字路84号没有。那一家一家的旧书店，倒也真有点"迷阵"的意思。

2003 年 5 月 29 日

与《查令十字路84号》有关

爱书人的传奇

1949年10月5日，住在纽约的女作家海莲·汉芙给位于伦敦查令十字路84号的一家旧书店写了一封信：

诸位先生：

我在《星期六文学评论》上看到你们刊登的广告，上头说你们"专营绝版书"。另一个字眼"古书商"总是令我望之却步，因为我总认为：既然"古"，一定也很贵吧。而我只不过是一名对书本有着"古老"胃口的穷作家罢了……

接着，"穷作家"海莲抱怨说在她住的地方总买不到她想买的书，她随信开了一张书单，说如果每本不高于5美元的话，就请给她寄书。

这一封信，开启了一位美国女作家和一家伦敦旧书店长达20年的书函往来。起初是买书、寄书，后来渐渐熟了，相互称呼越来越亲密，越来越无话不谈了。开始是经理法兰克·铎尔一个人和她联系，后来旧书店的所有店员都加入了。直到1969年1月8日，海莲收到书店秘书的一封信，告诉她说：经理铎尔已经于十几天前去世了。

20年间的近百封信，有书缘，有情缘，说是爱书人的传奇也不过分。20世纪70年代，出版社把这些信印了出来，取名《查令十字路84号》。书出奇地畅销，译成几十种语言传播到世界各地，还录制了广播剧，拍了电影，搬上了舞台。几年前去英国，我在爱丁堡买到了英文平装本，回来后不久即在香港买到了陈建铭译的繁体字版。当时我想，用不了多久，中文简体字版也会出的吧，结果，迟至今年（2016年）的5月，译林出版社总算把这本"爱书人的圣经"印了出来。

书是引进的繁体字版，设计得还算雅致，出彩的地方是首页贴有一幅藏书票。虽是批量印刷的那种，总是聊胜于无。票面是一女子，安坐书下，捧着一本书在读，下方的文字是：If you happen to pass by 84 Charing Cross Road, kiss it for me! I owe it so much. 这是一句所有熟读《查令十字路84号》的爱书人出口成诵的话，陈建铭的译文是：你们若恰好路经查令十字路84号，代我献上一吻，我亏欠它良多。

海莲写这句话时，法兰克·铎尔已死，那家旧书店也已经关门了。

为什么是"街"不是"路"？

在书店见了《查令十字路84号》，我一下买了5本。不为别的，一来向几十年前的爱书人致敬，二来既然是"爱书人的圣经"，不妨留着送人，也算尽了"传经布道"的义务。繁体字版我已经翻过几遍了，简体字版买回来也就放在一边，专等有书缘或者情缘的人。不想某日，我浏览"闲闲书话"网站，发现一帮书友对此书讨论得正欢。一位网名江慎的网友对简体字本提出几个问题，大意如下：

其一，恺蒂原本发表于《万象》的那篇《书缘·情缘》成了此书的序，原也适当，可是原文中是用《彻灵街八十四号》的，现在全部改为《查令十字街84号》——有此必要否？

其二，英文原版究竟收录了多少封信？看译林版，总感觉是超级吝啬的节译本，怎么看怎么别扭，怎么不过瘾。

其三，说到排版，每封信的下面都有很大空间，但不知道出版社为什么把注释一股脑放在正文之后？真是太不方便了。

此帖一出，回复者纷纷留言，有继续挑毛病的，有称道译笔不错的；有表示"各花入各眼"的；有感觉"书眉用黑体十分扎眼"的；有相信是"全译本"无疑的；有劝解说"不必吹毛求疵"的。一看即知这些"吹毛求疵"的人正是珍爱此书的人，当年远隔重洋靠纸上通信访书谈书的书，如今在网上又惹得一帮人争论不止，实在是历史的书缘延续到了今天，现实中的书缘蔓延到了虚拟空间，海莲和铎尔地下有知，当也颔首微笑。

网络说奇也奇，海峡这边读简体字版的读者一发声，竟把海峡那边的译者"勾引"出来了。陈建铭写了长长的繁体字回帖逐一解答网友的问题，惹得众网友又惊又喜，寒暄声不止，讨论的气氛更上一层楼。

原来，作为译者，陈建铭对简体字版的印行与改动多有不知，这难免令人大为疑惑，不明白版权交易中哪个环节衔接不畅。他说，简体字版本得以印行，实在是他意料之外的事。译林版的发行，事前他并不知道，否则他会要求出版社修改若干本地惯用的措辞，以适应大陆读者用词习惯。他也不知道"查令十字路"为什么要改成"查令十字街"，Charing Cross Road 曾作"雀灵路""彻灵街""查灵歌斯路"等译名，其中"查灵歌斯路"乃当地正式中文名称。因前译都没有点出 Cross，为了解释这个十字架的典故，他采用直译"查令十字"，"可是为何'路'改成'街'，我很纳闷"。

继续听他们讨论

"我是翻译《查令十字路84号》的陈建铭，朋友嘱咐我来此地看看各方意见，给大家说明一下。"

陈建铭以这一句开场白，融入了"闲闲书话"网友对他译作的讨论。《查》是他初试译笔，后来他还译了厚厚的《藏书之爱》，即美国著名藏书家爱德华·纽顿的书话合集。听说重庆出版社拿到了简体字版权，书马上也要印出来了。

繁体字版的《查》书译序用的是唐诺的文章《有这一道街，它比整个世界还要大》，简体字版则换成了恺蒂的《书缘·情缘》。按说撤换译序应该给译者打个招呼，可是竟然没有。陈建铭回应网友说："恺蒂女士的美文我也从《书缘·情缘》读过，无疑也是好文章，但作为前序，我依然觉得有点不适合，毕竟当初是为其他场合所写。"他说简体字版印行前他一无所悉，否则他会央请出版社找钟芳玲小姐撰写一篇新文章。

钟芳玲或许真的是为《查》书写序文的合适人选。1996

年 7 月，她在纽约曾两次拜访海莲·汉芙，请她在自己带去的海莲著作上一一签名。她收藏了大量的海莲作品，仅《查》书就有多种英文版本，甚至还有舞台剧的脚本。"几乎每到一个书店，看到封面、编排不一样者，我就会买下。"她也动过翻译《查》书的念头，后来放弃了。"在读过数十回她与法兰克的原文书信后，我只觉得无法用另一种语言来为他们发声。"她写自己与《查》书和海莲·汉芙书缘加情缘的文章，收在她那本可爱好读的《书天堂》里。

陈译《查》书，在译注上颇下功夫，等到他译《藏书之爱》，译注的分量更大大增加。大陆网友觉得将译注放在书后不方便，陈建铭却有自己的看法：原本没有打算写那么多译注，但考虑书中提及许多英文文学经典，台湾读者可能欠缺完整的文化准备，于是"画蛇添足了一番"。至于一股脑列在书后则是他的坚持，只希望读者阅读时不受干扰，版面能恢复一封信该有的模样。"页数因此增加多少，出版社是否收了渔利，并不在我的考虑之内。"

当然，《查》书是全译本，并非节译，大陆读者大可以放心。陈先生猜想当初结集时汉芙也许经过了一番筛选，否则20年的信函往复决不只此数。"但故事交代完整，不是吗？"陈建铭说，"我正喜欢它既短却长，虽薄但深。试想：倘若全放进去，满满400页，就不会这么动人、引人神伤了。"

不要"迷阵"，不要"血影"

《查令十字路84号》中那一片因书而来的情意实在太感人了。又因为是通信，一张薄纸只载得动故事的梗概，几行文字却盛不下浓密的情谊，给人留下的想象空间也太丰富了，艺术家们觉得读着不过瘾，于是开始演绎复演出。1987年，电影版本问世，英国导演大卫·修·琼斯执导，著名演员安娜·班克劳馥饰演汉芙，饰演铎尔的演员我们更熟悉：大大有名的安东尼·霍普金斯。我曾打探过深圳的"碟情"，行内人士都说不知道有这部电影。失望之余，我曾在两年多前的一篇文章中写过这样一段话：

我开始寻找电影版《查令十字路84号》。听说台湾版的影碟市面上可能会有，可是我不会要，因为陈建铭说，台译片名居然成了《迷阵血影》，对白字幕亦惨不忍睹。"迷阵血影"？简直离谱离到了天上。翻遍全书，汉芙的文字只有一处与"血"有关："我得去睡了。我会做一个可怕的梦——披着道袍的妖魔鬼怪，拎着一把把血淋淋的屠刀——上面分别标示着'段''节''选''删'等字眼，霍霍朝我追来……"这封信，汉芙是在斥责那本选编得很差的《巨匠当代文库》，噩梦的"标示"都带着书卷气，哪里会有什么"迷阵血影"？莫非电影加入了谋杀内容？可是恺蒂明明写过，电影介绍中是这样说的："这部片子旨在反映两种爱情，一是汉芙对书的激情之爱，二是她对铎尔的精神之爱。"

我说我不要"迷阵"，不要"血影"，可是电影《查令十字路84号》还是从台北飞来了。2005年年初，突然收到陈建铭先生的邮件，自我介绍说他曾译出《查令十字路84号》

《藏书之爱》等，对与书籍相关诸事极感兴趣（这些当然我早就知道了）。他说他想寄一本他编的《逛书架》给我，也想有机会来看看我的藏书。我真是又惊又喜，立刻回复说随时欢迎他光临，并附上了含有上面那段文字的旧文博他一粲。建铭兄复信说，他要寄我一张《查》电影碟："请放心，我会录制没有中文字幕的清爽版本，您配合中、英文版书籍观览不成问题。"

呵呵，就我的烂英文水平，观览还是会有问题的，可是只要有了这没有"迷阵血影"的清爽版本，有点问题又不是什么大不了的问题。

拜访过汉芙的人

《查令十字路84号》文字太短了，书太薄了，如果心急，一会儿就会看完。人生苦短，好书也苦短，生活总该有"求慢"的时候，因此，读《查》书需要夜深人静，拥被在床，开一盏亮亮的灯，慢慢打开封面，慢慢地读。我回复陈建铭的邮件时表达了这个意思，建铭来信表示他也深有同感：

> 《查》虽轻薄一小册，却载满浓重深情。我多年以来每回重阅总会缓缓地读，在几处转折点还会刻意搁几天再接着往下读——人家可是结结实实写了20年的信啊，实在没道理让咱们如此囫囵吞枣、一鼓作气地consume掉。

或许还是因为《查》书的关系吧，建铭兄还寄赠我一本他朋友钟芳玲的新书《书天堂》繁体版精装签名本。此书我之前已经读过，知道钟芳玲曾经去纽约拜访过海莲·汉芙。她应该是两岸爱书人中唯一见过汉芙的人了。那是1996年7月，她去纽约，辗转与汉芙通了电话，约了时间，"管理员通报不久，一位佝偻瘦小的老妇人缓缓走出电梯，手上拿了根香烟。没错！她就是海莲·汉芙"。

一老一少去对街的咖啡馆小坐，两三分钟的路程花了近20分钟，汉芙已经举步维艰了。她对钟芳玲说，欧美读者常有人来，你却是第一个来访的台湾读者。提起查令十字路84号，汉芙的眼光变柔和了，语调也变轻了，说自己因为与伦敦的那家旧书店结缘，才有了意想不到的收获。她说自己的写作生涯本不顺遂，因《查令十字路84号》的成功，她得以重拾自尊与自信。她们还提到这本书对爱书人的影响："有些浪漫的书迷情侣，甚至相约在那个门号前接吻。"

垂垂老矣的汉芙对书的眼光依然挑剔，她和钟芳玲一起抱怨她著作的平装本欠缺质感，难以保存，封面松垮，边缘又容易折角。钟芳玲不甘心汉芙只在平装本著作上给自己签了名，又到处去找精装本，几天后果然找到了两种。她再约汉芙见面，希望在精装本上留下汉芙娟秀流利的笔迹。这次她去了汉芙的公寓：老式的打字机，长条的座椅兼睡床，茶几上的马提尼与酒杯，书架上来自伦敦的旧书……都是她书中描述过的，一切都很熟悉。她终身独居，如今老了，一位朋友每天会来电话查看她是否还活着。她在钟芳玲带去的书上写道："致芳玲，冀望她快快再来纽约，否则在她成行前，我将死去。"

那年汉芙 80 岁。半年多后，她走了。

2005 年 12 月 2 日和 7 日

书话三题

"书话"就是书的掌故

别人都把自己在天涯人物的博客称为"某某某专栏"，我嫌它没特点，顺手把我自己的博客名称改成了"某某某书话"。书话之为文体，原也有几条特征，若干限定，我一直在学着写，且总不敢承认自己写的就是书话。但是眼见得如今的"书话"俨然已成了"筐"，书评、读后感等凡是与书沾点边的文字都往里装，我未免眼热，也顾不得许多，于是趁乱拿"书话"名目在博客上趟一回浑水。

书话不是书评，不是读后感，更不是朋友、师徒间相互吹捧的序跋文字。书话着眼的是"书"本身的情事，而非书中内容的评判。写书话自成一脉的唐弢1962年对此就有言简意赅的说法，是"材料的记录多于内容的评论，掌故的追忆多于作品的介绍"。到了1979年，《晦庵书话》出新版，唐先生在序中旧话重提，且进一步解释，涉及书话的写法，说他希望将每一段书话写成一篇独立的散文。在他眼中，书话的散文因素包括："一点事实、一点掌故、一点观点、一点抒情的气息，它给人以知识，也给人艺术的享受。"这大体就是脱胎于传统藏书家题跋文字的"中国式书话"的特征了。

翻译《藏书之爱》的台北陈建铭将"中国式书话"的文体"规格"概括为三点：述说搜访梗概、旁论版本源流、兼谈掌故逸闻。他的中国书话名家的名单上尽管有唐弢，但也把黄丕烈、缪荃孙、叶昌炽、傅增湘、叶德辉等藏书大家列了进来，可见他对书话文体的界定比唐弢要宽泛，且并不怎么在乎"抒情的气息"。我的看法，书话一体并不能简单等同于传统题跋，为长远计，倒不妨把书话的文体特征限制得严一些。

我更希望"中国式书话"能引入一些西方书话的文体风

格。杨照给《藏书之爱》中译本写了一篇导言，其中约略勾勒了西方书话的面貌。西方哪些人在写书话？杨照介绍说，西方的"书话"（Book Chat），属于"唠叨琐碎"的书语，写书话的人，未必是学者或读书人，他们是藏书人、聚书人，爱书成痴成狂，"他们爱书的外观形式、爱书的时间痕迹、爱书的流浪过程、爱书的价格波动、爱书的交易记录，换句话说，他们爱一般人认为不重要的部分"。所以他们笔下的书话就是书的掌故，无所不收，"见小不见大"，只好"唠叨琐碎"。爱德华·纽顿的《藏书之爱》即为其中表表者。杨照说，《藏书之爱》确立了在浩瀚广袤的书籍掌故中，好的"书话"应该写什么、怎么写。

2006 年 3 月 19 日

"西式书话"

我早年读北京三联版爱德华·纽顿的《聚书的乐趣》，

只觉得内容有趣好玩，并不知晓其实这就是西方（起码是美国）的书话经典。等陈建铭将纽顿书话名篇合为一集，译成《藏书之爱》出版，读到他和杨照列于书前的译序和导言，方知西方书话的大体特征和简略的文体源流。按杨照文中所写，西式书话起码包含两类内容：

其一，书的价格。这是首先应该写而且应该好好写的。书话不提书价，简直不成其为书话。这一条大有道理：旧书市场，书价既迷离又神秘，涨跌往往有迹可循，波动又往往无理可讲。价格是书籍汪洋中的"掌故之舟"，其中有载得动的传奇，也有载不动的神话。我们写"中式书话"的人，往往不屑提及书价，似乎价格一出，铜臭必来，其实何必施之于"铜臭"以铁石心肠？价格不过是书籍流播魔术中的一根魔棒，无视它的舞动，就招不出书外的烟火和书内的情缘。

其二，书的真假。书籍市场既然有奇迹、有暴利，必然就有投机客和骗子。书话作者凭累积的经验和雄辩的笔锋，仔细罗列辨别书籍真伪的细节，"以丰富细节对抗伪造，也以丰富细节对抗投机"。反观中土，写书画文玩真伪辨析与传奇的文字真不少，可是鲜见书话中有惊心动魄的骗术揭露和防伪指引。相关的内容全变成干燥的考证和僵硬的条目，挤进了正襟危坐的版本目录学论文之中。实在该把它们一一打捞出来，还它们活生生、湿漉漉的原生面目。

至于西方的书话源流，杨、陈二文皆有涉猎，撮其大意，原来写西式书话的人最早都是书商，他们为招揽顾客，常印发书目，详细描述所售书籍的品相及价值。写的人多了，就有了竞争，于是短短的介绍一变成为长长的叙述，粗粗的描摹一变成为细细的勾勒，终于成就一类自成一格的文体。纽顿的出现，提供了书话难以撼动的范式：既提供有用的交易信息，又淋漓尽致地讨论细节。纽顿之前，书话内容偏重校雠、鉴赏、评价，与普通读者浑不搭界；纽顿之后，书话变得可读可学，读者读了以后会觉得自己也可成为一名聚书人乃至藏书家。书话一体自此开始百家争鸣。

2006 年 3 月 19 日

"以书为烛光的晚上"

孙殿起19岁那年,在琉璃厂鸿宝阁古书铺当司账。某日,鸿宝阁经理崔蔚元花四块银洋购得明刊本《盛明杂剧》一部,心里高兴,准备加价一倍,以八元出售。孙殿起暗想,这么好的书,经理定得价格太低了。待店内顾客散去,他忍不住对经理说:"你对此书的价格看得太轻了。"经理问:"依你看呢?"孙殿起说:"如果同行间串货,加价一倍太少,不妨加数倍。"经理深知孙殿起于古籍版本眼力不俗,遂微笑点头,即携书到了文友堂古书铺,找到老板魏殿臣,将《盛明杂剧》加价到了五十元求售。魏氏嫌贵,崔经理转身又进了文德堂,把书给韩老板看。韩氏说可以出四十元,于是成交。没几天,这部书就让贵州一藏书家以一百元买走了。

这个故事出自周岩《我与中国书店》一书。如果写书话,这是绝好的材料。如果按"西式书话"的格局,这个故事只有价格,却没有细节,尚缺"半壁河山"。《盛明杂剧》是一部什么样的书？谁人所刻？哪位藏书家收藏过？孙殿起凭什么一眼看出经理定价太低？这部书现在何处？价值几何？

我不是说非得给本土书话插上西式书话的"两翼"才算是书话，我知道本土书话应该有自己的文体传承和写作风格，我也清楚每个写书话的人应该有自己的气象自家的路数，可是，看着许多轻松好玩的书林掌故湮没在不像书话的文章中，看着许多连书评都算不上的文章竟然争相冒充书话，看着许多种以"书话"为名的集子充其量只是一堆读书的随想、感想、乱想，我还是有点不甘心。

"书话当然要写书人、书事，观书前、书后，探书里、书外，但须有书魂、书神、书心、书趣才算数，不然就成了关于书的废话。书话是以书为主角的戏剧、以书为英雄的传奇、以书为恋人的爱情、以书为伴侣的友谊、以书为燃料的汽车、以书为日月的天空、以书为烛光的晚上、以书为目的地的旅程。书话把书还原为有生命的东西。书话，其实就是关于书的命运的话。书话未必要有用，但一定不能无趣。"

这是我多年前写的一段关于书话的文字，现在我也还是这么想。当然也可以换成这样几句话：书话应该为书籍作传、为书人留真、为书林搜掌故、为书市描行情、为书海存鳞爪、为书房酿趣味。钟叔河先生曾说："如果说书评是妻子，那书话就是情人。"对，差不多就是这个意思。

2006 年 3 月 23 日

"插图珍藏本"的时代

北京三联版新书《我的藏书票之旅》的封面上标明是"插图珍藏本"，我买回来后再三翻阅、抚摩，觉得确实当得起"珍藏"二字：装帧设计、开本用纸、插图印刷无不讲究，扉页还特意粘上一款设计家布莱克1932年为自己设计的藏书票。书票当然是新印制的，但粘贴而不是印在书上，仍然多少散发出往日爱书人的情思与趣味。吴兴文在书里介绍这枚藏书票，说画面里的形象是中世纪经院里的书呆子，下方的文字是引用巴克利《世界愚人船》里的一句话："我的人生一乐，书越多越好。"不过，如今身处冰冷的网络时代，我们听读书人说这句话的机会已经越来越少，好书也越来越少，越来越多的是那个叫作电子图书的东西。吴兴文说："现在的书呆子，很可能是一个坐在电脑前，戴着一副厚重的镜片，两眼盯着荧屏不放的人物，在他的身后CD架上和电脑桌上堆满了光碟和磁盘。"

那些"业内人士"又在宣布纸张书籍的"死期"了。我于是猜想10年或20年以后的印刷书籍该是什么样子。当电子阅读者人人收藏一大排、一大柜、一大箱的E-BOOK，我们是否能等到又一个讲究书籍艺术时代的降临？

也许可以，古登堡15世纪中叶在德国用活字印刷对开本42行《圣经》时，热爱手抄本的收藏家们纷纷制作更美丽的手抄本，希望以此与印刷术抗争，豪华的手抄本正是爱书人执意留住自己梦想的温床。到了19世纪末，印刷书籍早已独霸天下，但怀旧的爱书人不忍心看着印刷书堕落成纯技术，还是想让书籍重新获得美的躯体与灵魂。英国的莫里斯印制《杰弗里·乔叟作品集》等书，自己设计字样、边饰和大写字母，找木刻大师作版画插图，印书的纸要手工制的，装订也用手工，试图在商业化书籍出版的俗滥风气中孤傲地回应来自豪华手抄本里的声音。

又是一百多年过去了，读书人再次面临"书籍死亡"的警告，再次经历"另一类书籍"的诞生。这时候，一心热爱书籍艺术的人，兴许会坚持"书籍是艺术品"的精神，面对日益萎缩的印刷书籍市场，不断推出真正的珍藏版图书。如果真是这样，藏书家就分成了两类：一类是 E-BOOK 藏书家；另一类是坚信"我的人生一乐，书越多越好"的传统书呆子藏书家。这两类人会互相欣赏对方的藏书并乐意交换吗？会加入同一个藏书家协会吗？会使用同样的藏书票吗？对"插图珍藏本"的理解会一样吗？

这些问题也许该去问北京的姜德明、上海的黄裳、香港的董桥和台北的吴兴文，当然还得去问美国的比尔·盖茨和中国的数不清的"业内人士"们。

2001 年 10 月 17 日

为书选美

深圳文博会开幕在即,我看了看"戏单",挑出一场精彩剧目,届时当勉力一观。报上的消息说,文博会期间,由德国图书信息中心提供的 99 种德国最美图书(2002—2003年)将来深圳亮相,同时展出的还有一本《世界最美图书2003 图册》。

我知道"世界最美的书"刚刚在上海展览完毕,来深圳展出的怎么仅仅是一本图册?询问其主事者,得知这一展览在全球大受欢迎,巡展的城市已排到两年以后,上海是德国图书艺术基金会选中的唯一城市。文博会组委会费尽周折,才将"德国最美图书"单独请到深圳来。

德国莱比锡自 1991 年起每年评选"世界最美的书"，其评选结果为当今世界图书装帧设计界的最高荣誉，评选标准强调书籍整体的艺术水平，要求书籍的封面、护封、环衬、扉页、目录、版面、插图、字体等保持美学上的和谐与统一，且与书籍内容珠联璧合、相得益彰。

我非常看好莱比锡为书"选美"的前景。它虽然诞生在网络世界尚未兴盛之前，却一定会繁荣于网络一统江湖之后。每当有人因网络而担忧书籍命运，甚至断言印刷书籍将会消失的时候，我就忍不住自我安慰一般地想：也许印刷书籍传播知识和资讯的实用功能会慢慢地被网络替代，这样，书籍正可以往艺术品方向发展了。当许多的书不得不变得美丽，爱书人的另一个"黄金时代"就降临了。100 多年前英国那帮迷恋"艺术之书"的人，若是生活在现在，想必也不会太悲观。

德国莱比锡 2003 年度"世界最美的书"评选，唯一的金奖给了河北教育出版社出版的《梅兰芳（藏）戏曲史料图画集》。莱比锡图书艺术基金会主席乌塔·施耐特女士对这本书的评价是"完美"。她说,《梅》书几乎把所有的图书装帧方式都用尽了,书籍外壳烫金,字体用凹版印刷,打开方式是自右向左,从纸张的色彩、重量到装订风格、外包装设计,每个细节都体现了设计者的匠心。她说,《梅》书的中国传统线装方式让她感到震惊。

深圳文博会无缘将185种"世界最美的书"一一陈列,只能让参观者对着图册望梅止渴。可是,中国获金奖的书总应该光临吧。主事者让我想办法,我只好向河北教育出版社的张子康求救,他正是这本书的责任编辑。子康兄倒痛快,安排人特快专递寄了两套过来。我扣下一套,留着自己与"美书皇后"缠绵,另一套就送她去文博会上"走台"了。

那位乌塔女士有一句话深得我心。她说:"评价图书的装帧艺术,需要把它拿在手中,一页一页翻开,摩挲纸张的质地,在细细地阅读中感受装帧艺术带来的舒适。"如此,她就把纸张的印刷书籍和所谓E-BOOK区分得一清二楚。冷冰冰的E-BOOK无法亲近,液晶的质地不堪抚摩,用鼠标点击Web你如何能听到翻页时宣纸的温柔或重磅道林纸的刚毅？读纸书，用眼用脑之外，还需用手去抚摩封面材料和内文纸张的灵性，感觉装帧艺术的魅力，体会墨色在纸张上的跳跃和图文编排在书页翻动中的节奏。而读 E-BOOK，你的手失去了美感，在阅读中就成了残废。

其实，时至今日，我们对书籍之美的评价尺度已然有了变化。莱比锡"世界最美的书"评选，坚持两大原则：其一，手工制作书籍时代讲究的是视觉享受，电脑时代更注重书的材料和装订品位，强调的是手感；其二，书籍之美追寻的是整体完美，从内容到装帧到出版到印刷，每一环节的失误都不足于缔造整体的美好。

然而，强调整体竟然也给中国的获奖者带来了分享荣誉的麻烦。现代社会分工愈加精细，书籍制作的每一个细节都由不同的机构完成。《梅兰芳（藏）戏曲史料图画集》，由梅兰芳纪念馆鼎力协助，刘占文主编，申少君设计，河北教育出版社出版，深圳雅昌公司印刷。可是，此书一获"世界最美的书"唯一金奖，谁该去领奖却成了问题。

我在网上查到一份梅兰芳纪念馆新发表的声明，大意是说:《梅兰芳（藏）戏曲史料图画集》是由梅兰芳纪念馆2001年年初特聘请著名中国画家申少君先生（蠹鱼阁）总体设计，于2002年6月在深圳完成，河北教育出版社在未与梅兰芳纪念馆进行任何沟通的情况下，于2004年6月单方面领走莱比锡设计金奖，并始终未告之编辑单位、作者及设计者，这种全然不顾他人劳动成果的行为难以接受，河北教育出版社必须予以解释。德国莱比锡世界最美的书评选组织者颁发奖项时，是否已经核查清楚，请组织者在调查后予以说明。

这份声明不仅指责领奖者，还质疑颁奖者，却忘了一位"战友"：印刷此书的深圳雅昌是不是也有资格获奖？不然设计如何"整体"，又如何实现？

2004 年 11 月 10 日

书籍开穿"露背装"

那个网名慧远真名王淼的山东书虫子给我寄来了他的新书，书名别致:《非常迷狂：身体自有主张》，且慢，最别致的不是书名，是书的装帧：粉红色的封面，哦不，乍看是封面，再一看，是封套，封套有一缺口，露出书脊。我颠来倒去地想看书，却一时打它不开，最后才发现，把书立起来，上下颠几下，"套中书"就出涩瑟地吐出来了。我不得不佩服书籍设计者的理念，或者竟可以说是"绮念"，他真的把书的内容和设计结合在了一起：书的内容是写名著中的性文化，要想看，好吧，要为书脱去粉红曳地的长裙，书真是"裸体"的，没有硬硬的封面、封底，也没有护封、腰封，开门即见软软的扉页。书脊是裸露的，线订的筋脉赫然可见。天果然是越来越热了，连书籍都穿上了"露背装"。

我不是第一次见到这种"露背装"的书，陈子善那本《迪昔辰光格上海》的书脊也"露背"，不过刷了一层和封面同色的黑漆，加上又是毛边本，怎么看都像是"半成品"。然而这正是爱书人追求的另一番乐趣了：有手工艺的粗拙味道，无豪华装的耀眼光芒。线订的书经得起"露背"，翘起的线头更让人起怀旧之思，仿佛打量箱底手工缝制的衣衫，联想起慈母手中的线。胶装的书籍，那么丑陋，像尚未愈合的伤疤，想"露背"又哪里有资格。线订露背的书的好处还不仅仅是视觉，它更容易阅读，随便翻开一页，书都会服服帖帖地躺在桌子上，不用你的手硬把它压平，不用担心你的手刚一离开，书页就唰唰唰一通乱翻自己合上，好像故意反抗你的阅读似的。

这样的"露背装"其来有自，外国的不说，2005 年度中国书籍获"世界最美的书"奖牌的两种书，有一种就是"露背装"，那是中国友谊出版公司出版的"朱叶青杂说系列"，由何君设计。专家们都说这套书设计简洁，个性与众不同，还说书籍设计没有个性就称不上艺术。普通读者似乎并不会完全根据有否设计美决定是否买一本书，但是书籍设计注重美和个性是应该的，这是书籍之美的正道，也是爱书之人的福分。

电视"入侵"，网络"横行"，手机全球移动，书籍越来越不是阅读的唯一归宿。正因为如此，书籍设计更应该越来个性，越来越美。美的书，即使我们不去读它，起码它还是艺术品。很久很久的将来，书籍也许只作为艺术而存在了，像今天的明清官窑瓷器。王淼如果有幸活到"迪昔辰光"，写本书就可起名为《非常迷狂：书籍自有主张》。

2006 年 4 月 10 日

线装四库：“乾隆驾到！”

世上自从有了《四库全书》以后，因它而来的欢呼不知有多少次了。出版家耗巨资影印，印一次欢呼一次。再后来，有人要重修，有人要续修，大家都抢着欢呼。最新一轮的欢呼，是线装本《四库全书》印成了，且前几天来深圳参加了文博会，首次在南山书城公开展示。还有用手工宣纸、手工印造、手工装帧加盖乾隆御玺的《四库全书》第一号特藏本，会在 11 月 28 日在杭州开拍，起拍价为 260 万元人民币，是中国内地唯一特藏本的一次竞拍。

然而，这最新一轮的欢呼，怎么看都不像是对着文化的，而是面向市场的。有趣的是，面向市场的欢呼，表面上讲的又不是供给与需求的问题，而是有一种过去皇家指点江山的味道。据说，线装四库共印300套，前100套用于拍卖，101号至200号为国内版，201号至300号为国外版。国内版中，特别圈定第102号、103号、104号、105号供广东地区收藏，其中公共图书馆、大专院校一部，上市公司等大型企业一部，政府机关、社会团体等一部，个人收藏一部。这样的指定收藏范围方式不太像面向市场的推销，或者说，是披着"恩赐"面纱的推销，卖的不是书，而是特权与身份，正仿佛乾隆皇帝诏曰：先赏给"北四阁"（紫禁城文渊阁、盛京文溯阁、圆明园文源阁、承德避暑山庄文津阁）各一套，再赏给"南三阁"（扬州大观堂文汇阁、镇江金山寺文宗阁、杭州圣因寺文澜阁）各一套。所以，这不能说是强买强卖，而是赏买赏卖，称得上是传统与现代结合的高级营销术。

深圳各家媒体对线装《四库全书》来深圳亮相的报道，主要内容极为相似，个别段落甚至一模一样。这不是说媒体记者聪明，他们众口竟然能吐出一词，而是说商家太聪明了，早早准备好了写入新闻稿的资料。我想说的是：商家推介《四库全书》时，除了大说有利于拓展市场的好话，本来也该说几句和四库有关的实话。

你可以说：完成于乾隆时代的《四库全书》，是中国历史上规模最大的一部丛书，全书共收录图书 3461 种、79309 卷，几乎囊括了清乾隆以前中国历史上的主要典籍。但是，为什么不接着说：纂修四库，实则是"寓禁于征"，数十年间销毁"悖逆之作" 3453 种，抽毁"违碍书籍" 402 种，即使收入全书的著作也多有横遭删改之处。这哪里是"几乎囊括"，还差得很远！

你当然也可以说：线装四库在保留原书总目的基础上，又增编了分册目录，完美地实现了《四库全书》的文献价值。然而，采访遗籍、开馆修书的背后，是长达 19 年的禁书运动，《四库全书》诞生之日起即是"四库残书"，文献从不完美。增编分册目录，给使用者提供了方便，但是，再方便，也与"完美"沾不上边。读者是不是还应该知道，当初为纂修四库服务的众多机构——"红本处""四库全书处""军机处"及各省府州县衙门的"收书处",他们上下一努力,禁毁的书籍之多,远胜秦始皇。

商业的红尘纵然万丈高,也不能掩饰掉历史的伤痛,不然,我们等来的不是"秦火"熄灭,而是复燃。

线装《四库全书》在深圳亮相,媒体上津津乐道的另一件事,是七部特藏拍卖本上均手工钤上清乾隆朝故宫文渊阁专用玺印"文渊阁宝"和乾隆皇帝专用御玺"乾隆御赏"。"文渊阁宝"是专门用于钤印"文渊阁本《四库全书》"的御玺,乾隆四十六年(1781年)十二月初首部《四库全书》文渊阁本修成后第一次启用,此后一直封存在紫禁城里。

我当然是不懂什么皇家气象、帝王尊崇和藏品品位的。依我百姓的角度看:这枚御玺223年后再次启用实在没什么必要,但是既然在市场上能卖高价,这一钤印,也算是乾隆爷为市场经济做出了贡献。我如果有幸见到了线装四库上的钤印,肯定会把它看成是乾隆大兴文字之狱、深文周纳、罗织罪状的铁证。

其实,在我看来,这套线装四库的真正价值,不在什么

"乾隆御赏"，也不在于国内售价 39 万元人民币、海外发行价 9.9 万美元一套。我欣赏的倒是线装四库或许能保全制作线装的手工技艺不致遗失，进而促进传统线装工艺的复兴与流传。据说，这次印制线装四库，采用的全是传统工艺，手工宣纸、手工印造、手工装帧，还特制了金桐木仿古书帧函板。纸张为上等的玉版宣纸，由上千人手工方法一张张生产出来，印装的数十道工序也由手工完成。有消息说"线装《四库全书》在装帧上既追求原貌原味又有创新"。其实，能有原貌原味就不错了，有没有创新倒没什么要紧。

2004 年 11 月 23 日

没有书的图书馆

我们没有赶上图书馆的诞生，却赶上了图书馆的衰亡，准确地说，是传统图书馆的衰亡。最近报纸上有消息说，美国的大学图书馆正在掀起一场"无书革命"，连"图书馆"的名称都改叫"学术中心"了。对此天翻地覆的革新，我们很幸运地可以"躬逢其盛"，可是该怎么描述我们的"幸运感"呢？荣幸？抑或不幸？

图书馆的基本含义是，在很多书架上排列很多不同主题的书，对感兴趣的读者开放，或读或借，悉听尊便。这个意义上的图书馆诞生在希腊化时代，开其先河的是亚历山大图书馆，时间约为公元前 3 世纪。那时托勒密诸法老一心要建立世界上规模最大的图书馆，设计了长长的柱廊供读者阅读，长廊后面的一排排房间用以藏书。他们的麻烦不是无处放书，而是一书难求，托勒密诸法老在施展软硬兼施之术、发动金钱攻势的同时，也采取高压政策。写《藏书考》一书的莱诺·卡森说，托勒密诸法老授命代理人带着大把金钱，满世界搜购所有能买到的书，不分种类，不拘主题，务求搜罗殆尽，且版本越老越好。相传，由于这些代理人疯狂追寻老版本，竟催生了一专造"旧版本"的新兴行当。这也许是书籍史上最早的造假事件。买不到的书，托勒密诸法老就要巧取豪夺，他们宣布，所有停在亚历山大港口的船只，凡携带有书者，一律强行"借"走，令无数抄写员星夜赶抄，然后将抄得的副本"还"给原主，正本则直送亚历山大图书馆。图书馆里，一帮学者，不问世事，专心治学。当时有一首幽默诗描述他们：

蹩脚的书虫

埃及有一大堆

缪斯是他们的饲料站

他们在那里聚首且喋喋不休

......

　　2300 多年过去，蹩脚的书虫变成了双手发达的网虫，学者和学生开始在"学术中心"独对电脑，在论坛和聊天室里喋喋不休。有消息说，今年新学期一开学，美国得州大学的本科生图书馆将 80000 多册图书全部撤走，装上了 250 部电脑，准备了可以外借的 75 部手提，设立了电脑维修、软件供应、技术支持等几大中心。"请保持安静"的牌子都没有用了，你尽可以坐在花花绿绿的软椅垫或高脚凳上，一边喝咖啡，一边查阅电子图书。这家图书馆的副馆长对那些深感无限惋惜的人说，你惋惜的并非图书馆，而是书籍作为学者之间唯一沟通桥梁的日子再也不会回来了。

　　惋惜也无用，互联网时代的图书馆迎合数码趋势或许无法避免。可是我倒是为我的一个念头感到惋惜：没有书的图书馆我根本就不会去的。真是自甘落伍，无药可救。

2005 年 9 月 19 日

所谓 "藏书家"

　　1932 年 1 月 29 日凌晨日本人的一场炮火,将大藏书家张元济创设的涵芬楼及东方图书馆炸为灰烬,数千善本古籍和 46 万余册其他藏书一夜间化为乌有,张元济当时痛心疾首地说道:"这也可算是我的罪过,如果我不将这些书搜购起来,保存在图书馆中,而是让它们散失在全国各地,岂不可以避免这场浩劫?"

　　这番话初听起来是痛不欲生之际的过分自责,细究下去,则涉及藏书家的文化心理。台北书人郝明义在他主编的一册《书的迷恋》中,写文章探讨中西藏书文化之别,其中提到,中西爱书人对"藏书"的心态有异。英文的

COLLECTOR 虽然常译为中文的"藏书家"，但二者的意思差距不小。COLLECTOR 意为收集，但并非是非"藏"不可，可以为展示而收集，也可以为交易而收集。西方爱书人把书籍的流通看成是很自然的事，藏书可以用来研究，也可以送去拍卖，这已经是传统。中国的藏书家重点在"藏"，藏书楼里的书真的是用来"藏"的，有的还立下严规希望世世代代永远保存，一旦散出即为不肖子孙。所以我们常常看到，除非战乱年代，迫不得已，藏书楼里的书是散不出来的。谁担得起"败家子"这样的名声呢？当然中西藏书文化之异处真多，此为一端，各自的是非功过殊难定论。但顺着藏书心理的差别追究下去，会发现很多有意思的事。

美国曾经有个藏书家，叫赖斯。这老先生属于淘书胆子巨大的藏书家，拍卖会上常常穷追不舍，直到自己的报价一口定乾坤。可是，有一年，他突然把他的 5000 卷藏书全部送去拍卖了。他对《书痴的爱情事件》作者尤金·菲尔德说，很长时间了，他一直下不了决心和他的藏书分手，然而他的身体如此糟糕，最后自己发现不退出来不行了。他想去长时间的旅行，无法不和他的宝贝图书分手。他说："我从不后悔卖掉了这些书。卖掉它们两年之后，芝加哥大火发生了。假使我留着它们，毫无疑问将会片纸无存。"

芝加哥大火发生在 1871 年夏天，250 人丧命，10 万人无家可归，17000 多间房屋被毁。

张元济和赖斯谁也预料不到天灾人祸的发生，可是张元济的后悔和赖斯的不后悔仍然可以对照来看。都说书籍自有命运，聚散难如人意，可书之聚散确与藏书文化有关，我这里说的只是两个极端的例子而已。

2005 年 9 月 20 日

钟叔河抢"情人"

　　长沙钟叔河先生前几年来深圳，给我们几个喜欢书的人讲过当年他在旧书店里急中生智和人抢书的故事，抢的那本书是劳伦斯的《查泰莱夫人的情人》。听的时候只顾"破译"钟先生湘味儿十足的普通话，具体情节多有遗漏。也写过一段文字试图重现抢书场面，因为脑中关于此事记忆的"省略号"太多，终究难以传神。很好很好，钟先生最近自己写文章将此事原原本本说了一遍，我总算连当时局内人的对话都搞清楚了。这则40多年前的故事和20世纪80年代湖南版《查泰莱夫人的情人》大有关联，而湖南版的"情人"又构成了当时出版界一大事件，所以值得在这里向各位复述一下。

话说是 1961 年秋天，钟先生正过着以体力劳动"洗心革面"的苦日子。一天，他在古旧书店发现了"民国二十五年八月初版"饶述一译的《查泰莱夫人的情人》。他刚想伸手，可是旁边一顾客先取走了。怎么办？钟先生迅速想了一个对策，一把从那人手中将书夺了过来。那人勃然变色，刚要发作，却见钟先生一面微笑以对，一面携书冲到柜台，向店员问道："你们收购旧书，不看证件的吗？"

店员一时摸不着头脑："怎么不看？大人凭工作证，居民凭户口本，学生凭学生证。"

钟先生一看店员上了"圈套"，随即信口往下编："学生怎么能拿书来卖，还不是偷了自己家里的书？这本书便是我儿子偷出来卖的，我要收回。"

"这不行。"店员说，"对店里有意见可以提，书不能带走。再说，你也应该教育自己的孩子！"

"好吧！"钟先生显出一脸自认倒霉的无奈表情，"意见请你向店领导转达，这书就按你们的标价，一块钱，我买回去，算是我没有教育好儿子的报应好了。不过你们也确实不该收购小学生拿出来的书啊，对吗？"

店员唯恐这错误落到自己头上，又怕钟先生强行将书拿走，正准备舌枪唇剑一番，一听"偷书儿子"的父亲竟然愿意按标价买回人家自己的书，立刻息事宁人，表示赞同。钟先生于是就如愿"抱得美人归"了。钟先生这出戏本是演给那位顾客看的，而那位蒙在鼓里的顾客站在一旁观战半天，居然未插一言，出店门的时候也许脑子里正思考着该如何教育自己的子女吧。

2005 年 10 月 13 日

"那火神原是个小姐"

曾居台北的高拜石先生写过《藏书妙招——叶麻子藏书故事》一文，收在《古春风楼琐记》第一集中。叶麻子叶德辉是民国时期大藏书家，他收藏图书有一癖好，喜欢在每册的底页夹一两张"妖精打架"的春宫图。当时见过的人说，那种画片，绘笔粗俗，设色恶浊，是长江轮上兜售的廉价货色，多拙劣不堪。

陈子展先生问叶德辉：何以把这粗俗画片夹在名贵书籍里，叶回答说是为了防火，"这个东西，可以防火的。我别无财产，绛云楼的火灾实在太惨了，钱牧斋一生收藏，毁于一炬，我不愿做钱牧斋第二，所以用这个来压火神"。

陈子展哪里相信有什么火神，质疑叶麻子说："先生的《书林清话》，大部分谈藏书，为何却没有这一法？"

叶麻子哈哈大笑："这当然是我的秘诀，不轻易告诉人的！那火神原是个小姐，服侍她的丫鬟有 36 位之多。她平时穿淡黄色，发威时便穿红色。但小姐总归是小姐，虽然有威力发脾气，看到这玩意儿（春宫图），也不禁害起羞来，避了开去……"

叶德辉刻印过《双梅景暗丛书》，最为世人所知。20 世纪 50 年代和 60 年代，台湾翻印大陆图籍成风，此书也未能幸免。高拜石先生在书摊上见到了，说："叶麻子若还活着，一定又是一场臭骂。"

说到翻印，那时候台湾有专门搞翻印的书贾，其间怪状嶙峋，好玩得很。傅月庵在《生涯一蠹鱼》中提到，书贾为避"违禁"之嫌，翻印书籍到处动手动脚，以致无法无天。翻印朱光潜的《诗论》、吕思勉的《中国通史》，作者名字统统抹去，代之以"本社"名义。翻印陈垣的《元代西域人华化考》，手下稍留情，署名仅留姓，名字以籍贯代之，陈垣就成了陈新会。还有更无聊的：梁漱溟成了"梁氏"；王力成了"佚名"；陈寅恪遭"削足"，成了"陈寅"；周予同遭"换心"，成了"周大同"。"最不要脸的是'恬不知耻'型"。傅月庵写着写着忍不住开骂了，"有人利用职务之便，从海外得来秘本，据为己有不打紧，甚至动手动脚，加以'剪刀糨糊'一番后，竟然号称力作，公然上市。"他说胡云翼的《宋词选》就曾为一个叫陶唐的人剽窃成了《宋诗评注》，幸亏让见多识广的夏志清教授逮个正着，揭了出来。

相比之下，叶麻子的《双梅景暗丛书》还算幸运，姓名没有惨遭"换心砍头"，只是没有人给他打招呼罢了——想打也找不着人啊！女火神救没救他的书没人知道，一帮男农民早早砍了他的头去倒是真的。

2006 年 2 月 24 日

玻璃柜里的旧书

6年前的一次聚会上，我见到了那本书。书龄不长，20多年吧，按书业的规矩，已经称得上是旧书了。是一本随笔集，作者不是很有名，但文章好，平实的文笔，淡淡的涩味，偶尔引经据典，抄得不露痕迹，有知堂老人的笔致。朋友说这书是别人的，当初印数很少，书店里买不到了，如果喜欢，可以借给你看看。我向来是不愿意借书的，因为借了我总不愿意还。我也不愿意借书给别人，因为我怕别人和我一样。法国作家法郎士是我的知音，他早就说过："决不要将自己的书借出去——这世上没有人会还书的，不信你看，我书架上剩下的书差不多都我是借来的。"我对那位朋友说：

"书就让给我吧，借就算了。那朋友固执得很，说让你看看就不错了，让给你是不可能的。我说你真不够朋友。我真的生气了。"

前几天我去书店，竟然发现那本书出现在玻璃柜里。书的模样没有变，甚至比那时的品相还好了些。可是很怪，那本书孤零零地放在那里，旁边的纸条上写着"非卖品"。我想再翻翻，愣了一下神，忍住了。当初已经错过，何必再扫前尘、另续旧缘？有些旧书，我是非搜购到手不罢休，有一些，有机会远远地看上一眼，也就够了。

我很欢喜地看了一眼玻璃柜里旧书，感觉那一刻它是书里飘出来的花，正静静地独自开着。我因此想起从前，心里勾勒出一段往事。旧书和老朋友一样，有激活记忆的妙处。许多的岁月本来已经沉积在记忆深处，突然你见到一位老朋友，记忆就撕开一道缝隙，发黄的年华开始缓缓涌出。老朋友是你昔日生活的一部分，他的身上存留着你的档案，旧书也是这样。有些旧书不是用来读的，仿佛它们只是相册里的老照片，是档案袋里的剪报，是抽屉里的信件，甚至是红线捆着的情书。对你的记忆而言，旧书里写的什么不再重要，或者说旧书里白纸黑字没有讲的故事才重要。许多人迷恋旧书，其实迷的是永存的见证，恋的是长逝的日子。看起来你没有读它，实际上你已经读过了，而且是一读再读。像那册玻璃柜里的旧书，我只需看一眼，就知道序是谁人所写，目录是谁人所编，正文的故事从哪里转折，故事的结局在何处留了悬念，因为这些文字的作者正是我自己，我读到的一切书里都没有记载。旧书的魅力因此而常新。

2005 年 11 月 10 日

"她"来了

多年前我读法国人贝·皮沃等编著的《理想藏书》,看中了书里推荐的一本《书的出现》。简介文字是这样的:

随着这部著作,书进入了历史的研究领域,作者并没有打算重写一部印刷的历史,而是想表明书的传播影响了社会,社会又反过来为书的传播提供了有利条件。

书籍史、印刷史类的书籍我搜集了多种,可是这本马尔丹和费费尔合著的《书的出现》却是"只闻其名,不见其人"。恰好那段日子北京某出版社的一位小姐来访,说自己是搞选题策划的，正在寻找能译介过来的西方的好书。我搬出《理想藏书》，让她把书名和作者抄下，希望他们出版社能找到好的译者，让《书的出现》能在中文世界出现，以了却只懂中文却又想知道西方书籍史的爱书人的心愿。她答应了，然后是一去无消息。

我最早是在董桥《谈谈谈书的书》一文中知道这本书的，他译的书名是《书的来临》。"这是一部很先进的书籍史话。"董先生写道，"书中讲造纸、雕版、装订、出版成本、作家权利、地理环境影响书业、斯拉夫国家及其他地区的印书事业、禁书、书籍左右语言文字的流向等，作者始终抓住一个方向去写，从人类思想行为的角度，去剖析书籍影响人类文明史的问题。这样的书籍史话，比较没有学究气味。"

这样的书籍史话，因为是法国人写的，英国人也译了，我到底也还是读不到中文本。2002年，我在伦敦的一家书店竟然买到了英译 The Coming of the Book，是平装本，黄黄的封面，厚厚的书页。这算是见了她的面，知道她的名字，可还是无法和她交流。这样的一种尴尬最是难于消受，明明知道她正是你要找的，可是终究无法拥有。

终于啊终于，她来了。中时《开卷》登了书讯，说台北的猫头鹰出版社译出了这本书的繁体版，书名是《印刷书的诞生》。改名就改名吧，只要是她的"真身"就行了。终于，朋友也替我把她从香港领了回来，此刻就静静地坐在电脑前。腰封上的广告文字说得真好："印刷革命三百年，从头细说书籍创世纪，一本知识深度与阅读乐趣兼备的传世经典！"没错没错，就是她。

2005 年 12 月 16 日

虽是"附录"，却是正史

有些书往往有附录，专收一些与正文相关的文献或史料。给自己编著的书增加附录，是一件很冒险的事，因为附录常常比正文更好看，就仿佛旧时大老爷的偏房大都比正室漂亮，或是现在大导演的乱七八糟的官司，总是比他们拍的电影出彩。

这几天我随便翻一本新书《知识分子与人民币时代》（陈明远著），发现一条极有意思的附录，引用的是一份"林彪、叶群、陈伯达一伙窃夺文物的原始记录"。此材料为北京文物管理部门职工写于 20 世纪 70 年代初，根据的都是原始材料，应该可信。材料说，林彪一伙出事前的几年间，他们的随员来北京文物管理处索取文物达 300 多次，有时一天之间就来两三次，陈伯达自己也来了 80 多次。林彪、叶群取走文物字画 1858 件、图书 5077 册、笔 134 支、纸 1451 张、本子 159 本、唱片 1083 张，其中珍品 118 件。上述物品按当时国内收购价，总值为 34316.61 元，而他们象征性地只付了 766.55 元，约为原值的五十分之一。陈伯达取走文物 432 件、字画 127 件、图书 5355 册。黄永胜等人也都拿走了数百件。

初看这份清单，我纳闷的是文物管理处怎么还提供唱片？唱片再老也还算不上什么了不得的文物。往下看才明白，当时的文物管理处，简直就是那一伙人的后勤处了。某秘书说，"领导"需要一些东西，到别的地方买不合适，从你们这里拿，你们代办。文物处代办的除唱片外，还有钢琴、八音盒、砚台盒，最神奇的是，竟然还有痰盂和泡菜坛子。

他们当然知道文物的价值，陈伯达就曾对工作人员说："我都欠你们几百万了。"可是，真要按质论价，他又不干，说:"你们还让我吃饭不让?"管理人员有时不敢做主,就向上级请示,得到的答复是:"领导"要买,文物别超过20元,书别超过5元。

这一类的老史料夹在崭新的专著中,实在是有些委屈了。它们看起来像野史,实则正得不能再正。没有这些当事人、经手人提供的数字、单据,许多事实永远模糊难辨。不过话说回来,陈明远的这本《知识分子与人民币时代》还是很有用的。比如,他在另一则附录里提供了一个表格,说明某年的人民币相当于现在的多少钱,20世纪80年代初的1元钱相当于现在的6元或7元。我那时拿过每月29.5元的月工资,相当于今天的200多(呵呵,离"二百五"只有十块八块的距离)。万一晴空霹雳震天响,竟有人指示说,"卖给这家伙,文物别超过20元",我也是不敢买的。当然,泡菜坛子或许能抱回一两个来。

2006 年 3 月 15 日

上海也有了沙龙女主人

我搜集谈论西方沙龙的专著已经很多年了，至今也不过得到三种:《沙龙的兴衰：500年欧洲社会风情追忆》，[德]瓦·托尔尼乌斯著，何兆武译，世界知识出版社，北京，2003年;《法国沙龙女人》，[美]艾米丽亚·基尔·梅森著，郭小言译，中国社会科学出版社，北京，2003年;《沙龙——失落的文化摇篮》，[德]海登-林许著，张志成译，左岸文化，台北，2003年。

在一个装饰风格独特的客厅里，在一个固定的日子，一群诗人、作家、才子，围绕在一位典雅、健谈、美丽的女子周围，交谈、争辩、朗诵、讲究文法、讨论新书、传播文化界新闻和社交圈秘事，有咖啡、有茶点、有风情，也有争风吃醋和唇枪舌剑，这就是沙龙。我们谈起沙龙，其实指的大都是欧洲的沙龙，是意大利、法国、德国、英国的沙龙。那里的沙龙随文艺复兴运动翩翩而来，在那不勒斯、佛罗伦萨发端，在巴黎兴盛，在500年间迤逦摇曳，到了20世纪初，也就笙歌消歇了。妇女解放一声炮响，女性都当家做了主人，"沙龙女主人"消失在客厅里蓝色落地天鹅绒窗帘的后面。沙龙里说的事和不说的事，报纸上都在说，有口才、有品貌的谈话高手又都上了电视做了主持人，更不用说今天又兴起了网络论坛和博客播客，于是沙龙真的就成了"失落的乐园"，想复兴都是不可能的事了。

我们都知道20世纪20年代和30年代北京也有"太太的客厅"，沙龙的女主人是迷住了徐志摩的才女林徽因。林徽因曾游学伦敦，对那里的社交生活想必熟悉，回国后"林家客厅"就成了一代才子聚谈的沙龙。这该是欧洲沙龙的东方遗韵了。"林家客厅"招来过时人的讥讽，也引发无数后来人的向往，原因之一或许就是沙龙太少了，所有的目光只能投向那一扇门。那么上海呢？"东方巴黎"大上海那个年代就没有一个像点样子的沙龙？别人都说没有，陈子善教授的新书里却说：有，那就是弗丽茨夫人的客厅。

"原来弗丽茨夫人并非等闲之辈。"陈教授说，"她在20世纪30年代的上海生活，她迷恋文学创作，也致力于文学编辑，她家的客厅是当时上海滩颇有名气的文艺沙龙，邵洵美就是这个沙龙的常客之一。"这位夫人是匈牙利人，她家的客厅每星期至少有两次聚会。

陈教授真的是很善于发现，他竟然又"折腾"出一个"填补上海沙龙空白"的洋女士。他的这本新书叫《迪昔辰光格上海》。上海话"迪昔辰光"就是"那个时候"的意思。唉！那个时候……

2006 年 3 月 29 日

"江湖儿女日见少"

昨夜买新书数种，睡前一一翻阅，蓦然惊觉：我买的这些新书，其实也算是旧书。换句话说，它们虽然穿了新衫靓裤，描了眉眼，换了发型，可是心或者灵魂并没有变。我惊觉的倒也不是说我忘了这几种书我原本是有的，而是发现我确实是无意中把他们当成了"新书"，结果都是旧书的新面孔，或者新书的旧灵魂。

这几本"新书"是：钱基博的《现代中国文学史》、郑逸梅的《书报话旧》、威廉·冈特的《美的历险》、钱理群的《周作人研究二十一讲》，另外还有齐如山的两种，《齐如山回忆录》和《梅兰芳游美记》。钱基博是钱锺书先生的父亲，我当初喜欢上钱锺书的书以后，不仅他自己的书我是每见必买，就是他的父亲、岳丈的书，也"爱屋及乌"地收罗，更不用提他夫人杨绛的作品了，连他妻妹杨必的译作集也藏了一套。我早就有了《现代中国文学史》，可是，有了一种书，并非是不再买这种书的理由，往往却是再买这种书的原因。郑逸梅的书，情况和此类似。威廉·冈特的《美的历险》，我是怀着感谢的心情，买了重印本。7年前，我赶写一本小册子，急需知道19世纪英法唯美派艺术家的主张和掌故，那时候读了在我书架上寂寞了很多年的《美的历险》，大开眼界，惊叹还有这样优美、好玩儿的艺术史著作。这本书让我和莫里斯、王尔德、比亚兹莱、惠斯勒、罗塞蒂等人亲近了许多，体会了他们的趣味和痛苦，从此也喜欢上那个时代更多的思潮更多的人，对"为艺术而艺术"这一口号也改变了往日的印象。我看见新版的《美的历险》，先想起了这些事，觉得这书承载着我的记忆，似乎书里也记载了我的生活，当然要再买一本才行。钱理群的《周作人研究二十一讲》，原来的名字是《周作人论》，我买的时候倒不知道。当我知道它就是我早已经有的《周作人论》时，我也没有后悔，反而庆幸我买得对。有周作人和钱理群这两个名字的书，是值得看一看的，《周作人论》竟然"改名换姓"地又出世，让我们有了收藏一本书的前世今生的机会，如果错过，就是错误。

买新书无意中买成了"旧书"，我想起了一句歌词："江湖儿女日见少"。怎么会有这样的联想呢？我一时也想不清楚。

2005 年 11 月 1 日

"书坟"

创意 12 月！在这样的月份应该过有创意的生活啊，毫无创意的喝酒读书聊天夜班之余，仅仅让自己的生活陷入创意也好啊。有了有了，菜园子和"碟王"给我贡献了一个，他们说：你不是喜欢书吗？你不是收藏书吗？很多书你不是买了也不看吗？你不是总想住在上顶天、下立地、往前看有院子、往后看有花园的房子吗？这需要创意啊。申请一块空地吧，挖个坑，搞个仪式，将你的万卷藏书隆重下葬，什么新书、旧籍、精装、平装、初版、再版、简体版、繁体版，还有什么字典、画册、书影、图录、签名本、题赠本，统统埋掉。人家黛玉葬花，你就葬书嘛。上面修一墓碑，碑上镌刻长眠于地下的书籍名称、作者、译者、版次、出版年月、出版机构、印数、定价，那一定壮观啊，一定是个文化景点。旁边盖一座小房子，你就住在里面，守护着"书坟"。对啊，这个景点，是关于经典的景点，必将成为景点的经典，就命名为"书坟"吧。你每天在那里卖门票、收门票，接受观光市民的对书的凭吊，有意义！有创意！

这两个家伙在一边唾沫飞溅，沉浸在创意的巨大欢乐之中。我先是跟着傻笑，接着突然就笑不出来了。创意多难啊，真所谓天下无新事，他们还认为"书坟"是创意，岂不知早就有了"书坟"了。埃及法蒂玛王朝时期，担任哈里发的阿齐兹在开罗建立了一座图书馆，馆内藏书曾达60万册，其中有2400种装帧精美的经文。大壁柜大书橱里塞满了书，每个橱柜都有一张藏书清单，还附上需要补充的书名。1004年，又一位哈里发把这些书纳入自己"智慧之屋"的收藏，据说藏书量到了150万册。1068年，土耳其人来了，藏书难逃劫难。他们把精致的皮革封面拆下来做皮鞋，散乱的书页全扔到开罗城外的一个地方。以后的人都管这个地方叫

"书之丘"，或者"书坟"。

书自有其命运。几千年间被焚被禁、化了灰、入了地的典籍谁也说不清有多少。如今碟片乱飞，荧屏横行，E-BOOK 欲与印刷书籍试比高，互联网早已和传统图书馆联姻或者"偷情"，未来书的命运如何确乎很难说了，真的出现一座座新的"书坟"也未可知。那两个傻帽的创意我先笑纳，一旦开建时我会把墓坑挖得大一些，我得在书的旁边为自己留块地方，一个伸手可以取到书的地方。

2005 年 12 月 18 日

《情人》边上的文字

　　"文化广场"前两天发了胡小跃为纪念杜拉斯逝世 10 周年写的文章，我读了，心情跟着他的文字时阴时晴。我很能体会小跃对杜拉斯的感情，他自己曾译过好几本杜拉斯或跟杜拉斯有关的书，看得出是真喜欢。3 月 3 日他站在杜拉斯墓前感到的悲凉因此也是真悲凉。那一天，他守在墓前，想看看有没有人来，是什么人来，可是：

　　"阴沉沉的天，风雨交加，早上的气温是零度。我在墓前转来转去，但天太冷了，转了几十分钟就回办公室取暖，然后又回去。就这样来回往返了数次，直到中午也没有人来。下午，我从窗口突然看见一支车队进了墓地，这是很罕见的事。我连忙冲出门去，直奔墓地。许多人正从车中出来，个个西装革履，我一阵激动。他们终于来了！然而，他们并不是奔杜拉斯而来，而是绕过杜拉斯墓，往前走了。我失望得简直想哭……"

这是沾染了杜拉斯味道的文字，是写在《情人》边上的文字：胡小跃早已中了法文原版《情人》的毒了。杜拉斯的作品在中国流传最广的是《情人》，我读的是上海译文版的中译本。王道乾译得也实在是好，最近有出版社新印了他的译本，小开本，精装，颜色雅致，我忍不住托朋友在网上给我买了一本。这一会儿翻开那本"老"《情人》，发现第14页和第15页的四边密密麻麻写满了铅笔字。我读了一遍，读不太懂。这当然是我写的，可是为什么写、给谁写都变得模糊了。这是一个连自己都很容易忘记的年代，何况别人，何况杜拉斯？

或者，我那是受了王道乾译笔的影响，在尝试写一种类似风格的小说？极有可能，我是一直想写一部小说的。在我的排行榜上，那部小说已经再版几次、畅销多时了。那么，

这小说中的一段文字是这样的:

"人们总是一厢情愿地用爱去创造一个爱的人,我也是。我把这个人创造出来了,但谁也不知道,我自己知道。我真的是把这个人创造出来了,我创造这个人,不是为了拯救我自己,也不是为了伤害别人。我甚至没想去创造这么一个人,但确实是创造出来了。我向这个人挥了挥手,并不是要这个人救我,也不是要向这个人告别……没有欲念,却无法停止,这真是一件怪事。但这个怪事发生了……"

不像不像,这不是《情人》的味道。3月3日气象新,有风有雨无《情人》,只能"绕过杜拉斯墓,往前走了",胡家小跃还是不哭的好,多转转巴黎的旧书摊吧。

2006年3月9日

疑是地上霜

留一丝念想给巴塞罗那

都说巴塞罗那是艺术之城，这次去看了看，信了。先不用去看现代主义建筑大师高迪设计的教堂与庭院，在那条远近闻名的兰布拉斯大街上走一走，就信了。先不用管兰布拉斯大街两旁比路灯柱子还多的民间艺人，只看看花市和花市后面的书店，也就感觉到了。听说这里的花店和书店历史悠久，战火纷飞的年代也没有停止过营业，巴塞罗那人确实该为此感到骄傲。

我狠狠地拍了几张花店的照片。虽然我叫不出那些花的名字，但是总能想起这个城市的一个传统：每逢节日，女人要给男人送书，男人要给女人送花。我想起来了，西班牙正是世界图书日的发源地，因为他们有塞万提斯。图书日那天，正是西班牙人倡议，送朋友一本书时，别忘了送一朵玫瑰。书籍和鲜花相遇，赠书变得浪漫，送花变得雅致，这里的男男女女有如此情怀，让我们这些外人看了也觉得温暖。

地中海的阳光温暖地洒在兰布拉斯大街两旁的鲜花上。穿过花街，进了一家书店。我自然是见了书店就想看看的，也知道进了这里的书店是必傻无疑：一本也看不懂，只知道那都是书。可是，在书店最醒目的地方，在漂漂亮亮的专柜前，我遇见了"熟人"，正是书籍封面上的照片，有高迪、达利、毕加索、米罗。这里的书店真有福气，轻轻松松就能摆出这几位艺术大师的图书阵容。没有办法，高迪、达利就出生在巴塞罗那，毕加索、米罗也是从这里走到了巴黎。

不想这些艺术的事了，我只想在这座城市买几本旧书。时代越来越新，我对新书却是越来越不感兴趣。吵闹着说自己如何如何畅销的新书，很多都是施了肥、喷了药催着早熟赶着上市的青苹果，酸酸涩涩，又不经放，没几天就烂了。而旧书，那些经了岁月，有了阅历，顽强地在旧书摊上临风而立的旧书，却有老朋友一样的眼神，有老酒一样的香气，有老乡亲一样的亲切，足供寄托往事，快慰释怀。临别巴塞罗那，在港口巧遇旧货市场，果然也有几家旧书摊。挑了两本，一本硬面精装，封面烫金凹印了一幅精致的图案，中间又点缀了几处红和蓝，好看。一看出版年月，1860 年，够老。另一本是平装，1954 年版，却是毛边未裁。两本书的样子都是我喜欢的，买下。真的不知道里面写的是什么，但那又有什么关系。在这座艺术之城，我买的旧书不是读物，是艺术品，是一丝念想。

2005 年 10 月 11 日

"四只猫"

我们像一只没头的苍蝇，哦，不对，像一只有头却不会嗡嗡叫的苍蝇，在巴塞罗那老城哥特区又窄又弯的巷子里乱撞。如果我们真的是苍蝇就好了，相信全世界的苍蝇都使用同一种语言，大家一起嗡嗡嗡是用不着翻译的。我们需要翻译而没有，该讲西班牙语而不会，逛店讲价问路都大成问题。还好，当地人知道四只猫咖啡馆的人不少，磕磕绊绊的英语对答若干回合，还真的就找对了地方。站在画着四只猫标示的门前，我们高兴得像只老鼠。

"四只猫"咖啡馆与毕加索有很深渊源，旅游书上大都会推荐给去巴塞罗那的游客。我们到的第一天，常住巴塞罗那的冷冰川兄也眉飞色舞的介绍，说许多人坐飞机专程来四只猫朝圣，你们一定要去看看。好吧，现在到了，推门进去。光很暗，所幸有空位。坐定之后才敢四处张望，大大小小的画框挂满四壁，很艺术。听说当年毕加索常给身边的朋友画素描肖像，漫画式的，古怪变形而传神，1900年还搞过一次展览，可惜出师不利，内行反应平平，外界十分淡漠，尽管价格低廉，也没卖出去几幅。书上说有些肖像如今依然挂在墙上，我们倒是看见了很多肖像，却不知道是不是毕加索画的。问？说得轻巧，如果你只会汉语你去试试？我们能颠三倒四地吃饱肚子就已经充满自豪感了。突然发现一个店员长着一幅"中国面孔"，同胞啊！我们招手，他笑盈盈地走过来了。

我想问他，这些肖像，哪一幅是卡萨杰马斯的？1897年春天，画家罗缪想到巴黎蒙马特尔有家咖啡馆，是诗人画家的聚会场所，叫黑猫，自己就联络一帮朋友，在巴塞罗那老城也开了一家，起名"四只猫"。这里很快也成了现代艺术家和叛逆诗人常来的地方。卡萨杰马斯，一位理想主义诗人，看出了年轻毕加索画中的非凡天才，把他拉进了这家"精英俱乐部"，二人从此成了忠实朋友。后来两人都到了巴黎，卡萨杰马斯爱上了一位模特，可是人家不爱他。一次大家吃晚餐，卡萨杰马斯又一次求婚，模特耸耸肩，不置可否。他不耐烦了，拔出手枪就朝模特开火，未击中，又向自己的太阳穴开枪，击中了……他这一死，毕加索的画风就转入了抑郁、沉重的"蓝色时期"。

笑盈盈的"中国面孔"走过来了，我问他来自中国吗。可是他说，他来自菲律宾。这事闹的，肯定找不着卡萨杰马斯了。

2005 年 10 月 15 日

1818 年，巴黎……

　　阿雅科肖是科西嘉岛的省会，市内有一家拿破仑博物馆，博物馆的斜对面有一家文玩店。第一次打这家店前走过时，我看见里面一张桌子上随随便便摞着几本旧书，看书口的颜色和精装封面的图案，就知道有些年头了。可恨岛上的人懒散，或者说人家绝不为了多做生意就牺牲生活，星期天竟然不营业。那条长长的巷子，店铺一家挨一家，家家的店门都关得紧紧的。玻璃窗却亮着，你看得见里面的宝贝，看不见收你钱的人。

　　我惦记着那家文玩店，翌日下午再去，终于可以翻翻那几本旧书，挑了三种四册，出版年代最早的是 1818 年，最近的是 1912 年。我当然看不懂那满纸法文写的是什么，只猜得出那两册一套的是剧本，另两本一种是小说，一种似乎是欧洲革命史一类。价格？后来在雅典逛旧书店时，我才真正体会到科西嘉岛上的旧书是多么的便宜。店主人见我对旧书感兴趣，极力推荐我买另一套五卷本的什么百科全书，价格一降再降。那套书的插图令我动心，毛边本的样子真是可爱，一百多年前的手工纸张，看一眼都觉得舒服。可是，太重了。长长的旅途背着这么一套书，不胜其烦啊。

喜欢旧书喜欢到不管内容的份儿上，其实已经病得很严重了。这个时候，书已经不是"人类进步的阶梯"，书里面的知识也不再是"力量"，书就仅仅是书。这仿佛是肉体之爱，全然与精神没什么关系了，纯粹是"以貌取人"的那种。可是，1818 年的书啊，快 200 岁的旧物，牛皮精装，封面和封底上烫印着精细的金边。书口上都印着石纹图案，黑色肌理割出一块块的浅红。卷首版画是作者的肖像，真刻得精美，印得妥帖。书纸依然很白，却不像现在纸的光滑，不过光滑的纸有什么好，摸起来手感漂浮，远不如摸起来涩涩的旧纸有魅力……

铅印时代已过，铅印时代的书籍越来越少看到了，这是留恋旧时书籍的理由，旧书因此也成了留住旧日情怀的信物。在科西嘉岛与19世纪初的书籍相遇，其实你不需要她对你说什么，她在那里，你见到了，带回来了，就接续上了一段故事。这故事的第一句是：1818年，巴黎……

2005 年 10 月 27 日

窄巷子里的复仇故事

点了披萨，接着点啤酒。

"你点吧！"王石说，"喝什么牌子的？"

"当地的，科西嘉岛产的。"我说。

店员拿了一种啤酒上来，看了看商标，王石眼睛一亮："你知道我为什么来科西嘉吗？"

"拿破仑嘛！科西嘉就出了这么一个大人物。"

"不。"王石说，"还有一个人，我是为她来的。你看这啤酒商标上的人。"

商标是一个女子的头像，蒙头巾，极硬朗，尤其那双眼睛，喷着火焰一样的眼神，能让你心头一震。

王石说:"这女子名叫高龙巴。"

"哦,梅里美的小说。"

"对,一个复仇的故事。故事就发生在科西嘉岛上……"

我们是在离阿雅科肖湾很近的一个窄巷子里的露天茶座吃晚餐。墙壁是红的,桌布是红的,头顶上的灯罩也是红的,很诡秘的气氛,诡秘中夹杂着热烈。王石开始叙述高龙巴复仇的故事。"英国一个上校,和他的女儿乘船来科西嘉岛旅游,同行者有一位法国军人奥索,回科西嘉故乡探亲。他的父亲多年以前被谋杀了,按科西嘉风俗,奥索必须复仇,可是他觉得不能确定是仇家所杀,复仇的念头不强烈。他的妹妹,高龙巴,一个奇女子,为了让他哥哥手刃仇人,想了很多办法……一个很曲折惊险的复仇故事,几十年前读的,至今忘不了……"

我啜了一口高龙巴啤酒,想到高龙巴揣着宝刀策马来阿雅科肖接她哥哥的时候,或许就从这个窄巷子里走过,立刻又把酒瓶放下,仿佛这酒瓶是高龙巴随身的那把镶嵌螺钿和银线的古老匕首。

王石的思路却是顺着高龙巴的复仇路线，回到了他的中学时代。他说那时候还没闹"文革"，《高龙巴》还不是禁书，他看了一遍又一遍，到处给小伙伴讲侠女复仇的故事。他们兄妹八人，抢着看梅里美的小说，都喜欢高龙巴这个人。

　　我说："我回去一定写篇东西，题目叫'在科西嘉岛听王石讲高龙巴的故事'。"他看了我一眼，又低头细细端详酒瓶上那个极像卡通人物的高龙巴头像去了。

　　　　　　　　　　　　　　　　　2005 年 10 月 27 日

爱书的强盗

"这哪里是海，这是湖，是一个巨大的水库。"在去往科西嘉岛的游轮甲板上，我望着水波不兴的地中海，这样想。

梅里美小说《高龙巴》里，科西嘉长大的法国军官奥索问英国上校的女儿莉迪亚："小姐，你是否觉得地中海比大西洋更美？"

莉迪亚说："我觉得地中海的颜色太蓝……波浪的气魄也不够大。"

是啊，她说得对。可是，船到阿雅科肖，她看见的城市和我看见的就完全不一样了。她看见：城郊一片荒凉，渺无人烟，周围只是些阴暗的杂木丛林，背后则是光秃不毛的山，既没有别墅，也没有住房。高地上的绿荫丛中，有些孤零零的白色建筑，那是人家的灵堂和家族的陵墓。一种庄严和凄凉的美。而我看见的，是现代化的海港城市，港口停泊着巨轮与帆船，近处的岸边与远处的高山之间全是成片的建筑……这里就是曾经发生过无数复仇故事的地方吗？

从阿雅科肖回来，我读梅里美的小说，发现我还是喜欢200多年前的科西嘉岛。那时的人活得有趣味。莉迪亚旅游随身带的小说竟然还是未裁的毛边本呐。她给奥索写信说，高龙巴给她的匕首派上了大用场，"我用它来裁开我带来的一本小说的书页，可是这把利刃对这样的用途大为不满，它把我的书裁得破破烂烂"。其实她是心乱，拿不稳匕首，白白裁烂了好端端的毛边本。

200年前活跃在科西嘉岛丛林里的强盗也是奇人百出，好玩得要紧。外号"神甫"的强盗一枪打中了一个人的太阳穴，他因此想起的竟然是维吉尔的诗句：

　　熔掉的铅洞穿了他的太阳穴，

使他直挺挺地躺在尘埃中。

他还要搞一下"学术探讨":"诗人说的是'熔掉的铅',您认为铅弹在空中飞速地运行,那速度足以使它熔化吗?您学过弹道学,您应该能够告诉我诗人错了还是没错。"

奥索完成复仇使命,要离开科西嘉岛时,问"神甫"喜欢什么礼物,"神甫"说,他要一本贺拉斯的集子,开本尽量要小。他说他要一边消遣一边温习拉丁文。

"您会得到一本埃尔泽维尔版本的集子,学者先生,恰好我带的书中有这样一本。"奥索说。

埃尔泽维尔是16—17世纪时著名的荷兰出版商,以出版袖珍本名著闻名书林。

2005 年 10 月 27 日

闯进一座藏书楼

　　没有人告诉我们说，科西嘉岛上有一座藏书楼，没有。导游说，科西嘉岛是拿破仑的故乡；导游书上说，科西嘉岛是"远足者天堂"；福楼拜也只是说，科西嘉岛是"插入地中海的山"；梅里美也只是写了科西嘉岛的复仇故事。没有人说，阿雅科肖的拿破仑博物馆隔壁，有一座藏书楼。

　　所以，我们不知道那里是藏书楼。因为门开着，我们就探头复探脑，然后一下子就懵了：天！先是发现这里是网球场那么大的一个厅堂，中央摆着一条长桌，桌上亮着七八盏台灯，黄黄的灯光很温暖。我们以为这是个办公室，一侧脸才发现四壁全是顶天立地的书架，两层楼高的书架，架上摆满了旧旧的书，全是精装，从32开到4开、对开的都有，一本新书也没有，我们不知道这里能否参观，试探着前进几步，见无人干涉，又大胆地再前进几步，终于站在了厅堂中央。抬头，见拱形屋顶有教堂般的庄严，阳光从拱顶两侧的玻璃窗洒下来，和长桌的台灯灯光汇合，很顺利地完成了从灿烂到温暖的渐变。书架前有软绳连成的栏杆，很敦厚地提醒你不必靠那些年龄很大的珍版书太近。一条绳索贴书架横跨两端，上面挂着手稿原件或插图原作。我们继续向纵深探索，紧张地看了管理员一眼，发现他既没有笑容，也没有恼怒，这证明此地是可以参观的，或者说，就是让游客来看看的。我甚至想这里展示的也许是拿破仑家族的藏书吧，这需要去查查资料。以前我只是在《书籍的历史》一类书中知道西方印刷书籍中的4开本和对开本，在这里却可以一睹真容了。我没敢抽出一本书来翻阅，只敢用手轻轻滑了一下牛皮书脊，已觉满足。两侧还有玻璃柜子，陈列着16—17世纪的手稿和版画插图。二三十米长的书桌上，只有一位女孩坐在那里写着什么。她面前没有古籍，她也许是来这里做作业吧，如此这藏书楼难道是公共图书馆？可是，一本新书没有，这里只能说是开放的古籍图书馆吧，可是我依然愿意称呼它为藏书楼。

我曾想象过一个理想的书房该是什么样：那一定是一个很大的空间，方方正正，屋顶很高，光线充足；四壁书架矗立，不见墙壁；架上万卷森列，缥缃琳琅；一大大的书桌居中，高高的靠背椅旋转，厚厚的木桌面上群书杂陈，貌似毫无章法；背景音乐低回，是古筝，或者钢琴；一柜名家的情色藏书票在墙角，一墙装框的版画插图在门廊……所以，在阿雅科肖的藏书楼里流连，我觉得自己突然走到了梦里。当然，这"书房"似乎太庄严、太整洁、太宏伟了，不过又有什么关系呢，梦总会是有缺憾的。

2005 年 10 月 27 日

巴黎春天的书消息

　　早就知道长得极像印度圣雄甘地模样的胡小跃要去巴黎混一段时间，我正想着找个机会站在什么桥头折柳把酒为他饯行，他已经开始屁股坐在巴黎给我发邮件了。多亏我有言在先，千嘱咐万叮咛的，托他一定为我找几套书，他这才不断地给我传递巴黎春天的书消息。我托他找的书是：一套普鲁斯特精装插图本的《追忆逝水年华》（初版本就不想了，钱包不答应）；一套蒙田精装本的《随笔集》（不要 8 开初版本，理由如上）；一套拉伯雷任意版本的《巨人传》（不提具体要求，理由还是那个理由）。

　　"每个周末都在书店逛。"他在邮件中说，"上星期在古书店发现了许多好书，几乎想要什么就有什么。"身在一个没什么旧书店或者二手书店里"几乎想要什么就没有什么"的城市，听他在那边不经意地炫耀着巴黎，我很严肃地对自己说：我很生气。"我给自己买了几本150多年前的旧书，插图漂亮极了，回来给你看看。"就他这得意扬扬的态度，我很严肃地决定：他不回来我当然不看，即使他回来，我也不看……那当然是不行的。我连忙回信说，别光顾了给自己买书，我的普鲁斯特、蒙田和拉伯雷呢？

我不懂法语（这么说话好像我懂英语日语似的），找那几套书，我想要的是书的"肉身"和书的插图。还好，"甘地"的邮件来了："下午零下2℃，坐了50分钟的地铁，换了3趟车，又走了20多分钟，从巴黎东北斜穿全城到了西南，在一个临时的大棚里找书，清鼻涕不知流了多少，总算找到了你想要的《巨人传》，两大册，大16开，硬皮封面，书中的插图啊，有几百张。无论是图的质量和书的质量都无可挑剔。但最后没有买，有两个理由：一是两本书要80欧元，而且是1982年版的，我嫌不够老，但如果旧的话一本就要 100 欧元以上；二是，我怎么给你带回来呀，两本书足有 10 多斤。你考虑一下，是否要买。要的话我明天一早再去，晚了怕书让别人拿走了。"

赶快回复："我是想要啊，80 欧元并不算太贵，30 年前同样的书，汉语的也差不多这个价了，再早的哪里还买得起？只是运输真是个问题。有没有便宜点的邮寄办法，海运之类，慢点到没关系，只要这辈子能见到。呵呵，关键这是可遇不可求的，属于不可替代的资源，我得赶紧开发。"

开发工作进展顺利，"甘地"第二天就传来了福音："《巨人传》买了，还便宜了 10 欧元，我跟他说今天专门冒着严寒跑这么多路，怎么也要便宜一点，最后 70 欧元成交。还是值得，只是实在太重，纸很厚，精装的封面也很厚。"

谢天谢地，这个春天有个朋友在巴黎，过瘾！

2006 年 3 月 9 日

"捕风捉影"之旧书缘分

　　我的那套两册法文插图本旧书《巨人传》终于上路了。小跃的电邮说，书已经寄回，"海运算是最便宜的了，还是要 13.8 欧元。想想宠物店一只小老鼠就要卖 20 欧元，这点邮费还真不算贵，人们毕竟把这两块大砖头从巴黎替你搬回深圳"。没错没错，不贵不贵。

　　这个春天我要在巴黎就好了，跟着胡小跃逛塞纳河畔的旧书摊，和他分享淘旧书的惊喜，想想都是很过瘾的事。他说他又有了发现："发现了 1889 年卢梭的《忏悔录》上下两册，16 开，很重，很黄。100 多年前的纸，组织严密，货真价实，图很美，我很喜欢。"我也喜欢啊，只是不知他这

"组织严密"是什么意思，像说黑社会似的。我要是在巴黎，应该能当场制止他用这不伦不类的语词谈论"很重很黄"的旧书。

不在巴黎，但也不能总闷在这座没有像样旧书店的城市，于是出走，去杭州看看。去杭州当然是为了西湖，何况又是春天，桃红柳绿时节。"可是杭州总不会没有一家像样的旧书店吧？"见了孤云、毛丫他们，我劈头就问。

我知道一度颇有声名的杭州古旧书店早已名存实亡了。网上有消息说，这家原本十分正规的旧书店已经停止收购古旧书籍业务，"沿墙设置的一排书架上，几乎全是廉价的'特价书'，书架上贴着醒目的标签：1元架、2元架、3元架、4元架"。这样的书店我不会去，好在我藏有杭州古旧书店老辈书商严宝善先生编录的一本《贩书经眼录》，闲来翻翻，足可遥想当年名动南北的古书旧店风采。陈训辞先生的《贩书经眼录序》开头就说："吾浙多藏书家，宋以后尤盛，流风至近现代而不衰。"现在，杭州是国际休闲之都，西湖边四季都像旅游集市，来寻山水之美、繁华之梦者皆能眼福大饱而归，只是却苦了寻旧书的人。

孤云刚来杭州不久，也想知道杭州究竟还有没有旧书店，上天入地一通电话打完，说："还有，我们去找。在民航售票处后面的一个社区里，听说是车库改的，有两家呢。"

不再吟咏"山色空蒙雨亦奇"，那个下午我们就消磨在两家紧挨着的旧书店里了。古籍是没有的，多的是20世纪80年代的旧书，"民国版本"也零零落落地有几种。可是这毕竟算得上旧书店，或者说，是杭州古旧书业拖得长长的一个影子。胡小跃电邮里的巴黎旧书店，于我而言却像隔洋吹来的风。这个春天，能有"捕风捉影"的旧书缘分已然不错了。

2006年4月4日

一点诗意没有

　　我并无研究农民起义领袖的兴趣，可是，前几天在杭州一家旧书店看到两种关于宋景诗的书，我略翻几页之后还是买下。四十几年前的书了，陈白尘撰述的《宋景诗历史调查记》，封面上那竿裹着黑色义旗刺向青天的红缨枪依然神气。郑天挺编辑的《宋景诗起义史料》，封面的烂漫纹饰却早已泛黄成历史的云烟。听说当年还有电影《宋景诗》，主演是崔嵬，导演是郑君里和孙瑜，阵容和那两本旧书的编者一样，够"豪华"。

　　资料说，宋景诗是堂邑（今山东聊城西）人，捻军入山东时，他率黑旗军在直鲁边界起事，多次挫败清军将领胜保的围剿。后为清军包围，遂降胜保，改编后入陕北。后回山东，再举义旗。可是，宋景诗是否真心投降过清廷，到了20世纪50年代初，成了因批判武训而需要政治解决的历史问题，陈白尘、郑天挺等许多名家因此都奉命加入了寻找历史真相的行列，京剧和电影也陆续开排开拍。

而我买那两本旧书，兴趣却在"历史真相"之外，我想知道参与其事的名流们有什么样的心灵经历和趣闻掌故。宋景诗历史调查组名单中，有著名戏剧作家翁偶虹。正好手头有《翁偶虹编剧生涯》一书，书中果然也有"通力编排《宋景诗》"一节。1952年3月，陈白尘、阿甲、翁偶虹他们自北京赴山东柳林一带调查史实。路经济南时，这帮爱书人还有兴致逛逛贡院街附近的旧书市，"在一家旧书铺里"，翁偶虹说，"我买到一部《五霸七雄春秋列国志传》，陈白尘同志买了一部《四库全书总目提要》"。两个多月后，他们觉得自己找到了历史真相，心情很好，又开始逛集市，"在废纸堆中，买到了一部原版的《斩鬼传》、一部《西游记》，还有一部悼红轩本的《红楼梦》"。

买旧书的翁偶虹和编"新史"的翁偶虹是分裂的，终于，两个月的辗转聊城后，再加一个月的整理材料后，紧接两个月的编戏排戏后，他病了。是严重的神经衰弱，"身如驾云，足如踏絮，头昏目眩，走起路来，遥遥欲倒"，已经无法工作，只好休假。治病需要钱，钱不够只好卖书。他本是极爱书的人，稍有闲暇辄涉足书肆，藏书中颇有珍本善刻。"我正以坐拥书城为乐，哪知一病经年，为了医药所需，像割去心头肉似的，把一套一套买进来的书，又一包袱一包袱地卖出去了。"

这篇小文开篇想写买旧书之乐，最后竟写到了卖旧书之悲，大类时下谚语"炒股炒成了股东"。那两本"宋景诗"真的不买也罢，一点诗意没有。

2006 年 4 月 5 日

河坊街边的《忆》

离开杭州的那天，我想到要去河坊街走走。不是去看什么"自古钱塘繁华"，2002 年才整修的新新的老街，纵然路两边的仿古房子都是木结构、青瓦片，又哪里是真的古时胜景，"假古董"而已；也不是去看什么表演，听说那里经常有"皇帝""格格"坐着轿子前呼后拥，遇见这种人，我一向是躲还来不及；更不是去买什么明前龙井，龙井确实上市了，而且日子也正是明前，可是我看了激情飞扬的价格，总觉得路边一口口正在炒茶的锅，恍然就是一口一口的"龙井之陷阱"。

我是想去河坊街的华宝斋看看。这华宝斋据称是"全国唯一一家从造纸、制版、印刷、装订至出版、发行一条龙生产影印线装古籍之纯文化产业的集团公司"。前年吧，我们曾专程去浙江富阳，和这家公司开发的"中国古代造纸印刷文化村"见了一面，明白了宣纸是怎么生产出来的。我更感兴趣的是他们出版的线装古籍。这也是多年买书养成的毛病，没有力量购置宋版元版明版甚至清版，那就请回几套新印的线装古籍也好，起码装订、用纸、设计还是老式的，内容也与当下两不干涉，仿佛想念早已不在人世的亲人朋友，看看照片也可略寄思念之情，权当又是一场欢聚。

华宝斋在河坊街设了一家门店，专销售自家印制的线装出版物。这次去看，不用说还是失望。没见添什么新书，和我两年前去的样子差不多。门外照例是人流如织如水如流，店内却大可罗雀。那些大套大套的堂皇威严的穿着线装衣服的新书或"旧籍"，我是连价格也懒得问的，我看中的《沈向斋稿本旧事重提》和《永丰乡人行年录》却又没复本，只有经了水浸的样品。没办法，我只好买了一本小小的《忆》，以做此次探访的纪念。俞平伯先生的这本《忆》，本是1925

年由朴社出版，收的是三十几首俞平伯怀念儿时岁月的现代诗，书后有朱自清先生的跋，书中有丰子恺先生的漫画插图。当年是手迹影印、线装，用连史纸，插图间有彩色，知堂老人专门写过一篇《忆的装订》，说是对这本小书的装帧、印刷及纸张都很喜欢。华宝斋是按原样式复制的，只是连史纸换成了他们自制的宣纸，外加锦函套，仍然可爱得很。

《忆》第二十二：亮汪汪的两根灯草的油盏，摊开一本礼记，且当它山歌般的唱。乍闻间壁又是说又是笑的，"她来了吧"？礼记中尽是些她了。"娘，我书已读熟了"。这是多么真切的读书少年情怀，丰子恺为这首诗配的插图也让人会心一笑。

2006 年 4 月 6 日

抱经堂书店的主人

　　刚刚放下那本在杭州河坊街买到的《忆》，竟又让黄裳先生的文字给拉回到清河坊了。范用编《买书琐记》中收了黄裳的《买书记趣》，读来果然有趣得紧。他说杭州清河坊过去有家抱经堂书店，主人是绍兴人，不知其名，"每见我踏进书店，必如临大敌，不但不肯出示善本，即陈于案头的断烂残册，一经取阅，无不变为奇书，妄索高价，绝不少让；双目鼓出，咆哮如雷，是平生所遇仅有的书店店东"。

　　以黄裳先生对杭州旧书店的熟悉，他不会不知道抱经堂的主人是朱遂翔吧，他或者不愿提起这个人的名字也未可知。据徐雁著《中国旧书业百年》，朱遂翔1908年从绍兴来清河坊拜师学旧书经营，1915年开抱经堂书局，后书局逐渐成为杭州经营规模最大的书铺，朱氏也由目不识丁的乡下佬，一变成为江南知名的旧书店业主，藏书满楼，跻身于藏书家和目录学专家之列，撰有《卖书琐话》和《杭州旧书业回忆录》。朱于1967年去世，黄裳先生20世纪50年代杭州访书时，他应该还能"双目鼓出，咆哮如雷"。

徐雁评价朱氏业书的最大特点是讲究"诚信"，还举了一个例子：朱遂翔曾以元版价格收进一套明翻元本《六子全书》，恰巧著名藏书家傅增湘到店，将这套书也走眼认作元版，以三百大元携归北平。后来才发现看错了，于是作书函告。朱遂翔见信后，立即退回书款。这也算得上是书林佳话了，可是这个样子的朱遂翔怎么可能是黄裳笔下的抱经堂书店主人呢？

如果真的就是朱遂翔，那可能的解释之一，是黄裳先生在抱经堂有不愉快的访书经历。果然，在《杭州杂记》中，黄裳先生写他1953年在杭州住了两个月，时间大多消磨在书店里。某日他去了抱经堂："店里空空地没一个顾客，只有女主人抱着小孩在看守。案上摊着零碎的破书，真是一无可观。这时发现书架背后一叠叠放着许多残书……多半有结一庐的印记，真是意外的高兴。选了半日，得书一叠，问价付钱，正要离开时，店主人一步踏了进来，立时惊惶失色，打开纸包，一一检点，说是无论如何也不肯卖了。最后讨价还价，以十倍于原价成交。还被抽下了一本吴枚庵抄的《百川书志》残卷。在这中间，他还大声地叱责着主妇，使她几乎哭出声来。"

原来如此！书商以盈利为要，其性情往往一人多面，难于以一时一事概论之，徐雁的"诚信"断语未免也有以偏概全之嫌。只是，如今连这样的书商在清河坊再也找不到了。

2006 年 4 月 11 日

老书老戏老朋友

冠生给我一本著名汉学家杨联陞读过并签有名字的书，是民国商务版胡适著《中国哲学史大纲》卷上。想着晚上在靳飞家有一聚会，已通知多年不见的蒋力参加，而这蒋力又是杨联陞的外孙，我心里有些嘀咕，和冠生商量：最好不带这本书去了，万一蒋力张口要走还不大好拒绝。冠生笑了笑，没有回答。

下午办公事，忙乱数小时，等到了靳飞家，早把包里的书忘得干净。各路爱书的朋友陆续来到，独迟迟不见蒋力。一问，说有人见他在一楼大堂打电话呢。先不管他，看几张胡文阁的京戏碟片再说。京剧舞台上的胡文阁艳光四射，唱腔身段果是一派梅家气象，到柔媚处更胜女子几分，远不是10年前深圳歌坛上的"男唱女"歌手风范了，刹那间让人不知所措。荧屏上贵妃正醉酒，忽然门铃叮咚，蒋力进来了。我迎上去，依稀觉得此人就是7年前引着一帮人夜闯他家书房的那人。他伸手接住我要握手的手，眼神却明显一愣，愣完之后又一笑，表示佩服时光雕刻男人功夫真是了得，顺便也表示重新见面程序完成。

我竟然就憋不住想显摆他外公签名书的冲动，权当中午心里"嘀嘀咕咕"怕人家要书的人不是我而是冠生，迫不及待引他走到窗前。"给你看本书，"我说，"但是，先讲规矩，只许看，不能要。"蒋力明显不知道买药的我是什么葫芦，连声说"不要不要"。我拿出书，先让他看封面。他"哦"了一声，没说什么。我再轻掀封面，指着签名："你看！"

他凑近一些，"啊"了一声，愣了数秒没动静。然后小声说："这是怎么回事啊！"

我说："先不说别的，这是不是你外公的字啊？"

他说："没错，是他的字。"

我高兴了："这算是验明正身了，哈哈！"

又问："杨老先生在1970年后曾经给国内一些机构赠过书，这本会不会是他赠书中流出来的？"

他问了问书的来历，看了看封面上一枚蓝印，说："他没有给这家机构赠过书。"又翻了翻："去美国前他的许多书都没能带走，大概就流落到旧书市上去了。"

有道理，封底上圆珠笔写了价钱的：2.00元。

我匆匆把书收进包里，说了一句豪情万丈的话："书先放我那里，什么时候你需要，我再送给你。"可是说了马上又有些后悔：我怎么能保证我的这句话说了会算数？于是忽悠他落座：看戏，吃饭，喝酒！

2006年4月19日

翠园边的"艳遇"

胡适之先生是杨联陞先生的老师,杨联陞先生是余英时教授的老师。1976年,余英时生日那天,杨联陞笑吟吟地持赠一礼包做贺礼。"从礼包的外形看,我猜想是一本书。"余英时说,"打开一看,原来是胡适之先生给莲生师五十多封信的复印本……"杨联陞还告诉他,这173页通信一共复制两份,一份赠予胡适纪念馆,一份赠予他。"我生平所收到的生日礼,以这一件最为别致,也最不能忘怀。"余英时说。

旧时师生间这份情谊总是格外动人。前些日子我读《哈佛遗墨》,写过几篇和杨联陞先生有关的文字,也都是因为仰望昔日学人风采而生的几分感动。至于胡适和杨联陞师生间长达几十年书札往来论学谈诗，就更是如今绝不多见的学林佳话了。昨天晚上，我翻出安徽教育出版社几年前出版的《论学谈诗二十年》读了半天，连后来的梦里都是他们师生二人在娓娓而谈，偶尔惊醒，恍惚记得一二残句，再去查书中尚未合上的书，发现竟是无中生有的"梦续"，颇堪一笑。

　　想起来去翻"胡适杨联陞往来书札"，是因为上星期二从北京冠生兄处得了一本书。时近中午，又是暮春，刚走了扬沙天气，空中飞舞的都是扬花柳絮。从酒店出发，逛了中华书局的"灿然书店"，逛了商务印书馆的"涵芬楼书店"，看几番路边刚刚发芽的国槐，再经东厂胡同，路过社科院近代史所，去冠生所在的民盟办公楼。又想起路旁正是胡适当年住过的地方，这一段路程实在走得舒服极了。冠生迎我进办公室，顾不得招呼我在他堆满书籍的办公室坐下，早已在书柜底层拿出几本旧书。他笑吟吟地说："我这里的书，只要你喜欢的，都可以拿走的。先看看这一本。"

　　书已通体发黄，不用细看就知道是民国早期的印本。可是，这竟然是胡适著的《中国哲学史大纲》卷上，是胡适著名的"半部书"之一。我赶紧翻到版权页，看清楚写的是"中华民国八年二月初版，十六年一月十三版"，心里略微有些失望：可惜不是初版，不然那就是奇遇了。还好，也算得上巧遇。心里正高兴间，冠生掀开封面，指着一个签名说，你看看这是谁。我这一看，就看出了我这次得书的"艳遇"：

公公正正三个毛笔字，写的竟然是"杨联陞"！

楼下翠园就是胡适住过的地方，晚上已经约好要见杨联陞的外孙，这"艳遇"何以来得正是地方，正是时候？

2006 年 4 月 19 日

窃喜的颜色:《珠还记幸》精装本

半年多以前,山东慧远兄来电话,说是北京三联新出了黄裳《珠环记幸》修订本,其中有精装本 100 册,不发售,专供黄裳先生送朋友。慧远问我可否托上海的朋友去黄裳那里求赠一册。

我不是黄裳先生的朋友,我的朋友当中却有黄裳先生的朋友。托朋友找黄裳要一本他专赠他自己朋友的书,有些难度。我甚至都拿不准该不该为此事找我的朋友开口,犹豫再三,把此事也就忘了。

我是见过黄裳先生的,但仅仅是见过而已,他一定不记得我是谁,我对那次拜访却还有些印象。说来是 10 多年前的事了，我去上海组稿，子善、陆灏二兄带我登榆下黄门，在客厅坐了一会儿。黄裳坐在靠窗的椅子上，静静吸烟，很少说话，面常微笑，俨然一僧。客厅里有书架若干，书皆寻常。晚饭是我请，如今也忘了吃饭的店名了，似乎是黄先生常去的一家，专做上海菜的，抑或是宁波菜？散席后，我问陆灏："怎么没看见黄先生的著名藏书？"陆灏说："都在另一个房间呢，用报纸包着，一般人不给看。"

我无疑是"一般人"，而子善、陆灏都是黄先生的朋友，我如果想得到《珠还记幸》精装本，还得靠他们。去年7月初，子善兄去香港，照例在深圳停留。行前他发短信来告知行程，我忽然记起上海刚刚开了黄裳散文研讨会，就回短信问会上有没有可供一藏的"专用书"。他回短信说："会上发的书，只有一种《插图的故事》，有毛边本，手头只剩最后一册，就赠兄，7月中过深时面奉。"这倒勾起我得寸进尺之心，反正短信不闻其声不见面，不容易开口的事情却可以付之拇指，我即回短信问精装本一事。过了好一会儿，短信来了："精装本不易搞，老头子要囤积，一笑。此次来不及了，以后见机行事。"

拿到黄裳的毛边本《插图的故事》，心里自然高兴。连子善都说"精装本不易搞"，我也就断了此"非分之想"。邯郸已赠我一册《珠还记幸》平装本，我又跑到书店买了一册，准备一读一藏。偏偏陆灏有什么事打电话来，我想：这不怨我，谁让他撞到我枪口上了，于是重提精装本的事。陆灏说："我去试试看。"

夏去秋来，没有消息。这期间，书友见面经常说起《珠还记幸》精装本，都成了一个故事。有的说，如果认识这本书的责任编辑，兴许也能搞到。另一个马上反驳："那不可能，人家说了，得经过黄裳的许可，责任编辑才可以将书寄出，不然没人敢乱赠的。"我问这传说中的精装本究竟和书店里的平装本有何不同？懂内情的人说："精装本才印了100册啊，精装本用的是铜版纸，插图的效果更精美，平装本用纸就一般了。精装本为布面硬精，很沉稳、雅致的颜色，说不上是什么颜色，有点像土黄色，但又不是。精装本定价为158元，但无处去买，平装本的定价是58元，到处是。精装本没有平装本的护封，没有勒口的作者肖像和简介，没有封底的广告文字和条形码，从头至尾，朴素到底，印制精良，堪称妙品……"

难怪！这就是人们常说的专为作者印制的珍藏本了。既如是，爱书人搞不到，其情虽可悯，到底也情有可原。不用怪自己不留心、不努力，谁让咱们不是黄裳先生的朋友呢。算了算了。

11月，是深圳的读书月，我们搞了一个圆桌会议，和读书有关。我得以请一些和会议沾边儿的朋友来深圳小聚，其中自不会漏掉陆灏和子善。会议开幕前两天，陆灏来电话问深圳气温如何，该穿什么衣服，又问都请了谁来开会，梁文道来不来，沈胜衣来不来。最后说："那就深圳见吧，我会把书带去。"

"什么书？"我随便一问。

"精装本啊，我给你要到了。"

"真的？"

"那还有假。"陆灏说，"你来电话后，我去看黄裳。一见面，他就抱怨，说要精装本的人太多了，谁也不给了。他开玩笑地说，我没有几本了，干脆留着增值。听他这样说，我不好开口呀。第二次又去，聊着聊着，看他挺高兴，我就张口要了，就要到了。"

"签名了吗？"

"当然。"

11月20日，我拿到了《珠还记幸》精装本。果然就是传说中的那样，果然说不好封面用的布料是什么颜色，干脆叫它"窃喜的颜色"吧。

2007年1月10日

举头望明月

鲁迅的新《全集》

冬梦重温

20 年前，也是一个冬天，我去北京社科院看我当年的同事，他说他结婚了，太太在人民文学出版社，"对了！"他说，"1981 年版的《鲁迅全集》好极了，我太太可以搞到内部价，是不是来一套？"我当然想要一套，可是内部价也差不多是我一个月的工资，我说我还是去读"文革"期间的单行本吧，一本一本的小册子，机关资料室里多得很。

我这一代人喜欢鲁迅是从中学就开始了的，哪个年级的语文课本里都有他的杂文或小说。"辱骂和恐吓绝不是战斗"

是作文本上经常出现的名言，给同学骂架骂了"叛徒"还不过瘾就加上一句"乏走狗"，《祝福》里的鞭炮声和祥林嫂的求告声是从来不需要想起、永远也不会忘记的。孔乙己"读书人窃书不算偷"是需要鼓足一翻勇气才可以去行动的纲领，《伤逝》里的爱情要许多年以后才明白，《狂人日记》里"救救孩子"的呼喊则是早早就在自己的生活中激起了回声，仿佛全世界的孩子都救完了为什么偏偏剩下了自己……

90年代初，深圳图书馆书店里放在柜顶上的那套《鲁迅全集》又在看着我了。我还是想了想每月的工资，发现可以不再犹豫了，是不是内部价已经关系不大了，一举买下。黄木岗临时住宅区铁皮顶的"公寓"里，读《全集》却读不出当年背诵课文的感觉，也读不出翻单行本的激动和快乐，只有愤怒，还有失眠。到现在我都相信不同年龄读鲁迅作品感觉完全不同，我相信年龄越大越读得到鲁迅的真精神真气韵。许多当年背诵过考试过的"主题思想"后来都发现是"误读"，许多现在读出来的呐喊与绝望当年竟然从没见过踪影。我承认，鲁迅是我阅读地图上永远存在的时隐时现的高峰，避不开、绕不过，登顶却又非常不容易。我对朋友说："其实我们或许是越老才越喜欢鲁迅吧，反正我是这样。"朋友伸出大拇指说："我也是这样。"

新版《鲁迅全集》出版了，我正等着哪天逛书店时装作不经意地和这套书相遇，再实现一次 20 年前的愿望，重温十几年前终于抱得《全集》归的那番豪情。不料我的"碟王"朋友不给我这个机会。他早早预定了几套新版《全集》，电话里说必须要送我一套。我明明记得他多次宣称不喜欢鲁迅的，看着他提着重重的一包书歪歪斜斜晃到了涮羊肉的桌前，我猛然明白其实鲁迅早就是植在他心里的一个无从摆脱的梦幻，如今梦醒梦碎还是梦依然是梦他自己也说不明白。一锅羊肉，一帮朋友，一套《鲁迅全集》：那天的深圳该是暖冬。

2005 年 12 月 20 日

"整容"后的《鲁迅全集》

多亏书房里有沙发，沙发边上有茶几，不然，如何能舒舒服服斜倚在沙发一角，看看左边的1981年版《鲁迅全集》，再看看右边的新版《鲁迅全集》？新老两套书相隔20多年，我刹那间有个疑问：它们自己，在我的书房里相遇，是不是能互相认得出来？它们算是什么关系呢？该是一个人吧，岁月流逝，韶华已老，全仗新时代有层出不尽的整容美容术，自己终可以在暌阔多年后见到一个全新的"自己"。

当然，新版是比老版丰满多了：老版16卷，新版增加了两卷。增添了新发现的鲁迅佚文24篇，增添了新发现的佚信18封。收入了《两地书》原信68封，收入了《答增田涉问信件集录》约10万字，还大量增补和修改了旧版的注释文字。

老版的《鲁迅全集》，硬纸版精装，裹布面书脊，外套暗竖纹淡黄厚护封，铅印，正文与注释的版式、字体、字号已相当妥帖，照片和手迹的印制质量也堪称上乘，算是一套当年的"精品书"。听说《鲁迅全集》要出新版时，我就暗暗地想，书的内容难以有大的突破了，书的整体设计水平一定要达到新的高度才好。护封不一定很厚，但是该用特种纸，千万不能太光滑，护封的颜色不一定很重，但一定不能太浅白。精装的封面一定要全部是布面的，如果是粗麻就更好。现在的纸业多发达啊，正文用纸可再坚韧些，但千万不要太白，惨白的那种白。最好每册书恢复使用原来的硬纸函套，好保存，避风尘。照片和手迹不一定太多，但起码要印清楚，不宜一味地虚张声势……对许多人而言，《鲁迅全集》应该是艺术品了，应该是可以收藏的了。

可是，没有硬纸函套，没用粗麻封面。护封还是很厚，硬得莽撞草率，而且太光滑了，颜色太没有根基了。正文用纸质量提高，可是太白了，太滑了。倒是用了全布面精装，书脊设计略胜以往，手感不错，可是……可是正文前的照片竟然印得还不如原来的层次清晰，却像一层黑白的雾，漂浮在滑滑的纸面上。正文的版式也不如原来的张弛有度，文字墨色和纸张若即若离……电脑照排的光与电时代，书的印制设计水平真的就拼不过铅与火的印刷时代？

对对对，重要的是内容，书籍设计可以讲究，但是不必太讲究。你说得没错。可是我也没错啊。怎么着你也不应该在书籍外面套那么一个颜色、质料、样式无一不拙劣的旅行袋啊！

2005 年 12 月 20 日

为时代风云作注

读鲁迅作品现在终于成了很"私人化"的事情，而为《鲁迅全集》编写注释，则俨然成了专家的公共学问。鲁迅的作品，白纸黑字俱在，变化的是读者，不变的是作品，而《鲁迅全集》的注释，数十年间则是变了又变。或者可以说，《鲁迅全集》的文化意义在作品，文献意义则在注释。时代不同，对同一条目的解释面貌也各异，轻者一人多面，重者大相径庭，南辕北辙。我们于是可以在《鲁迅全集》的注释中体会时代风云变幻，在正文的周边和背后，去体察史实真相的逐渐清晰，和评判标准的与时俱变。常说"功夫在诗外"，我们读《鲁迅全集》，也越来越"功夫在集外"了。

新版《鲁迅全集》的注释较以往版本又有很大变化，读全集的乐趣也就因此凭空增加了不少。我把1981年的旧版和2005年的新版堆在一起对读，结果读杂文变得像读侦探小说，常常是为一个不怎么相干的词汇，在时空隧道里来回穿梭，在注释异同中左右跳跃。

在"梁实秋"一条中，我发现的是汉语词汇感情色彩的分寸实在丰富，拿捏起来着实不易。关于梁实秋的身份，新版增加了"作家"和"翻译家"两个称谓，这当然是实事求是的增补。旧版说梁是"美国新人文主义者白璧德的追随者"，新版则将"追随者"改成了"学生"，可见当时用"追随者"是语含贬义的。不过今天的"追随者"已经不含贬义了吧，连"走狗"一词不都成了褒义词了？君不见，一众喜欢王小波的人都争着做王小波的"门下走狗"呢。

注释中的词汇之变易，见证的都是风气变向、视角转动，火气不是那么大了，心态显得平和多了。"国家主义派分子"改成了"国家主义成员"，"抗日战争时期堕落为汉奸"成了"抗日战争时期担任伪职"，"国民党政客"一变而为"国民党要职"，"消极浪漫主义诗人"就剩了"诗人"，对鲁迅的"攻击"则改成了"讥讽"。不再说《林黛玉日记》的内容"庸俗拙劣"了，不再说尼采是"超人哲学"的鼓吹者了，不再说胡适是"新文化运动的右翼代表人物"了，不再说新月社是"以一些资产阶级知识分子为核心，先是依靠北洋军阀，后转而投靠国民党的文学和政治团体"了。可是，英国大文豪约翰孙的介绍中，"名流"上面的引号还是没有拿掉，是说他是反动"名流"，还是说他的"名流"是骗来的？稍微有些英国文学常识的人，谁敢说约翰孙不是真正的名流？

2006 年 1 月 7 日

何必忙着给叶赛宁盖馆定论

鲁迅《三闲集》中有《在钟楼上》一文，其中提到拉狄克的一句话："在一个最大的社会改变的时代，文学家不能做旁观者！"鲁迅说拉狄克的话是为了叶遂宁和梭波里的自杀而发的。关于叶遂宁，旧版《鲁迅全集》的注释是：

> 叶遂宁，通译叶赛宁，苏联诗人。他以描写宗法制度下农村田园生活的抒情诗著称，作品多流露忧郁情调，曾参加资产阶级意象派文学团体。十月革命后向往革命，写过一些赞扬革命的诗如《苏维埃俄罗斯》等，但革命后陷入苦闷，终于自杀。

新版注释除了将"意象派文学团体"前面的"资产阶级"拿掉外，其余一仍其旧，但是我觉得还是有不妥之处，比如叶赛宁真的是自杀的吗？这是一个颇有争议的问题，至今各种说法并存，怎么可以言之凿凿地认定他就是自杀？

如果苏俄文学专家高莽先生参与这一注释，他就不会说得这么肯定了。他的随笔集《灵魂的归宿》中有一篇《自缢之谜》，说的正是叶赛宁。苏联建国初期，不少人不承认叶赛宁是诗人，说他是"流氓""酒鬼""悲观主义者""颓废分子"等，可是，"叶赛宁从来不予否认，相反，"高莽先生写道，"他甚至以诗作为解剖刀，剖析自己灵魂深处的污秽，当众清算不光彩的历史"。他决定改变过去的生活方式，躲到涅瓦河畔的白夜之城，都准备写作新的作品了，可是谁能料到，他在阿格勒泰旅馆仅仅住了4天，5号房间就成了他生命的终点。"报上宣布他是'自缢而死'。"高莽似乎不太相信："是自缢还是他杀？几十年过去了，媒介对此仍在争论不休。他留下一首血写的诗，向朋友告别。那朋友是谁？"

　　《叶赛宁书信集》的中文译者顾蕴璞也不认为叶赛宁是自杀，他在译序中说，近年来，不断有人认为叶赛宁并非死于自杀，而是亡于他杀，理由是他的创作和言论"背离并干扰了当政者的方针"，可是至今评论界尚未正式更改原有的结论。"但就我所译叶赛宁书信含有的某些信息在我身上所产生的直感而言，新的结论更符合生活的逻辑。"顾蕴璞说。

叶赛宁自杀一事疑点甚多，诗人的故乡都还没有最终定论，我们实在不必急于判定他死亡的根由。那条注释的最后一句应该这么写：据称革命后陷入苦闷，终于自杀，但近年来俄罗斯对此多有争议，也有人认为是他杀。

2006 年 1 月 7 日

周作人的《知堂回想录》

手头有两个《知堂回想录》的版本，来历都不明。或者是朋友相赠，或者是借了没还，一时想不起来。我自己买过一本敦煌文艺版的回想录，后来嫌它红红绿绿，印制粗糙，就送了人。那两个版本的回想录，一是香港三育图书有限公司 1980 年 11 月的竖排繁体字版；一是湖南人民出版社 1982 年 1 月的简体字"内部发行"版（书名改成了《周作人回忆录》）。这两个版本也没什么稀奇，我想说的又是"书外的人与事"，难道真有什么可以说的吗？

有！

我的那本《知堂回想录》扉页上有原主人的笔迹，记载着这本书是 1984 年买于绍兴鲁迅展览馆。又读某期《书屋》上止水的文章，他说他在绍兴的鲁迅纪念馆里，买到香港三育图书有限公司（封面及书脊作"三育图书文具公司"）1980 年 11 月版的《知堂回想录》，可知那个时候内地流通的就是 1980 年 11 月的三育版，而且并不难买到，去趟绍兴就可以了。

这个三育版就是《知堂回想录》的初版本吗？

原来并不是。

张菊香、张铁荣编《周作人年谱》说："《知堂回想录》于 1974 年 4 月由香港三育图书文具公司出版。"（天津人民版，P933）附录二"周作人著译简目"里列出的回想录版本也是 1974 年 4 月的三育版。以年谱的学术性质，它列出的回想录版本应该就是初版本了。

谁知道也不是。

和《知堂回想录》出版一事有密切关系的应该有两个人，一是曹聚仁，一是罗孚（柳苏）。陈子善遍《闲话周作人》中收入罗孚的《关于〈知堂回想录〉》，文章说：回想录最初的名字是《药堂谈往》，后来才改成《知堂回想录》；这部书周作人 1960 年 12 月开始写作，1962 年 11 月完成；"1970 年，这部历经坎坷的书稿终于由香港三育图书文具公司出版了。这时已是周作人一瞑不视的三年以后"。

罗孚的文章还说：

"书一出，他（指曹聚仁）就送我，我一看，就连忙找他，希望他能删去这一句，尽管只是一句（指曹《校读小记》中感谢罗孚对出版回想录"大力成全"的话）。同时，书前印出的周作人的几封信中，有一封谈到他认为上海鲁迅幕前的鲁迅像，有高高在上、脱离群众的味道，此外还说了几句对许广平不敬的话，我也劝曹聚仁最好删去。这封信后来是照删了……"

我们于是明白了，《知堂回想录》的初版本是 1970 年版本，书前有一封周作人给曹聚仁的信，罗孚认为不合适，劝曹聚仁删去，曹聚仁也就删了。

但是，那是一封什么样的信？

钱理群教授曾写过一篇《曹聚仁与周作人》，其中写道：

曹聚仁因此成为周作人晚年最重要的朋友，他们之间有着大量的通信，编有《周、曹通信集》（其中有一部分为周作人与鲍耀明的通信），按内容分为论辩驳斥、求援请助、请托转达、查询问答、诉述状况、怀念感谢等篇，足见他们通信内容的广泛，关系之密切。他们也曾在通信中交换对鲁迅及其命运的看法。周作人在1958年5月20日写给曹聚仁的信中，就对上海鲁迅墓前的塑像表示了如下意见："死后随人摆布，说是纪念其实有些实是戏弄，我从照片看见上海的坟头所设塑像，那实在可以算作最大的侮弄，高坐在椅上的人岂非是头戴纸冠之形象乎？假使陈滢辈画这样一张相，作为讽刺，也很适当了。"这段话公开发表后，引起了轩然大波。

初版书上的周作人信函莫非就是这一封信？

　　查《周作人年谱》1958年5月20日条，发现周作人写给曹聚仁的这封信很长，远不止钱教授引的那几句。周作人接着写道：

尊书（指曹聚仁《鲁迅评传》——引者）引法郎士一节话，正是十分沉痛。尝见艺术家所画的许多像，皆只代表他多疑善怒一方面，没有写出他平时好的一面。良由作者皆未见过鲁迅，全是暗中摸索，但亦由其本有戏剧性的一面，故所见到只是这一边也。鲁迅平常言动亦有做作（人人都有，原也难怪），如伏园所记那匕首的一幕在我却并未听见他说起事过。据我所知，他不曾有什么仇人，他小时候虽曾有族人轻视却并无什么那样的仇人，所以那无疑是急就的即兴，用以娱宾者。那把刀有八九寸长，而且颇厚，也不能用以裁纸，那些都是绍兴人所谓"焰头"。伏园乃新闻记者，故此等材料是其拿手，但也不是他的假造的。又鲁迅著作中，有些虽是他生前编订者，其中夹杂有不少我的文章，当时《新青年》的随感录中多有鲁迅的名字，其实却是我做的，如尊作二一二页所引，引用 Le Bon 的一节乃是随感录三十八中的一段全文是我写的。其实在文笔上略有不同，不过旁人一时觉察不出来。我曾经说明《热风》里有我文混杂，后闻许广平大为不悦，其实毫无权利问题，但求实在而已。

从信中并看不出周作人对许广平的不敬，不过"求实在而已"。莫非这封信《年谱》里引的也不全？

我还有一本《知堂书信》，于是去碰运气，看看收不收周作人的这封信。阿弥陀佛，竟然收了，一读之下，吃惊不小。原来这本书收的信从"旁人一时察觉不出来"以后就没什么话了，就"草草不尽，即请近安"了，"许广平"这三个字提都没提。这证明周作人的这封信确实有"大碍"，以至于不能全录。《知堂书信》前言中说，"有几篇书信含有对鲁迅、许广平、郭沫若等人的攻击言论"，书中一律删削。这样的说明我们见得多了，一点也不觉得奇怪。

不过也要感谢《知堂书信》的编者，他在这封信后照录了曹聚仁在《周曹通信集》中这封信条目下所加的按语：

此信曾在《知堂回想录》一书首页中原版刊出，引起轩然大波，层峰追究颇令将该书停止发行，已发者亦高价收回。在书报行业中，一时传我佳话，嗣该书再度发行，即不见此篇，本辑刊出，以飨读者。

按语所述与罗孚文章相关内容大体一致，可见《知堂回想录》初版本风波不小，怪不得我们现在根本见不到。我没有收藏《周曹通信集》，心中的疑团也就挥之不去：周作人"攻击"鲁迅的话在内地已经"解禁"了，"攻击"许广平的呢？周作人到底说了什么？

对周作人专家而言，这也许根本算不上问题，他们张口就能告诉你去哪里找，或者翻出他们珍藏的《周曹通信集》让你自己抄录。但是对我来说，这一"寻找"过程就像"破案"，在书房里东翻西找，有不足为外人道的乐趣。许多过程都比结果有趣，读书也一样。

终于，在一本很不起眼的小书里，我发现了自己要找的，或者说，小书给我的，比我想要的还多。本来我是在考虑要不要把这本小书请出书房，不想最后关头它竟然献宝似的给了我意外的惊喜。

那本小书叫作《近代名人逸闻》，朱鲁大著，香港南粤1987年10月版。朱鲁大是位马来西亚华人，自幼在华校接受教育，1967年赴美读图书馆管理硕士，1967年受邀任职于夏威夷大学图书馆亚洲藏书部，1971年返回新马，任职于新加坡国立大学图书馆，现在人在何处不得而知。这是位爱书人，从书的序言《爱书者罪言》中可知其书痴情状。他受了"尽可能不要依赖图书馆"这句话的鼓励，很小即开始聚书生涯：

多年来买书、读书，虽然不敢像人家那么豪气干云的以书拥百城自居，但是已买下的也足够自己这后半生享用了。所住的三房式组屋，两间睡房的墙壁周围都做了书架。靠窗的一面已架到跟窗下一般高，不靠窗的，已经架到天花板那么高了……我只有向厨房发展，把放置厨房用具的壁橱也加高到天花板，这层加高的橱，就是我最新的书橱。每个星期六下午，逛书店回来，就把大包小包的书往这新做的书橱里塞。有一天，妻子终于向我发出警告。她说我的书是无止境的增加，而我们的房子却不能从三房式变为四房式或五房式，这样下去，总有一天我的书会把她也挤出这坐三房组屋的……

怎么跑题了？不是说周作人的《知堂回想录》吗？怎么跑到朱鲁大的书房和厨房里去了，打住。

《知堂回想录》在香港出版时究竟引起了多大的热闹呢？朱鲁大文中引了曹聚仁的一段话：

知堂老人的回想录，过去一个月中突然成为一家晚报的头条新闻，一家晚报的七天专栏，一份月刊的专文，单从一本书的命运来讲，可说够传奇性的了。可是从书的内容来说，一点儿传奇也没有——无以名之，只是一种新闻记者的过敏性，在这个世界之窗的复杂环境中，事事会让一些专家们嗅到了什么政治的气息，真是妙事。

按朱鲁大提供的资料，《知堂回想录》自 1970 年 5 月出版后，先后出了三种不同的版本：

一、初版本，香港三育图书文具公司 1970 年 5 月出版，精装本港币 16 元。书前收有周作人致曹聚仁的信札手迹，其中 5 月 20 日的信两页、10 月 13 日的信一页。

二、初版本问世不久，香港书肆就见不到了。两个月后，坊间冒出一个听涛出版社的版本，内容及封面设计同出版毫无差别，只是 5 月 20 日和 10 月 13 日的两封信不见了，出版者也换了"听涛出版社"，精装本的价格涨到了 18 元。曹聚仁曾有《听涛室杂记》之作，大家很快明白，回想录听涛版依然是曹聚仁在运作，他是全权代表又兼任出版者。

三、过了半年，三育第二版又出现了，与三育初版和听涛版相比，多了一封知堂 7 月 12 日的信札手迹，而初版有听涛版无的那两封信依然没有。

20 世纪 80 年代内地人在绍兴鲁迅纪念馆里买到的《知堂回想录》应该是三育第二版的重印本，而且极有可能是当时内地"合法"的盗印本。最明显的痕迹是，书的正文页摸上去非常平滑，完全没有手触铅印版时会有的凹凸感，定是据三育第二版照相制版无疑。我在北京海淀附近一家书店买过很多这样的盗版港台书。当时著作权保护尚未提上台面，有关部门因"工作需要"而"合法"盗印，这已是公开的秘密。

那么，到底是什么原因使得三育初版本甫一问世即遭厄运？专家们嗅到了什么"政治的气息"？仅仅是因为周作人说了几句不该把鲁迅当"神"的话？我以为不是。

现在我们可以把那封在横遭删削、残缺不全的 5 月 20 日的信补全了。

在"但求实在而已"的后面，周作人还说了下面一段话：

> 她（指许广平——引者）对于我似有偏见，这我也知道，向来她对我通信以师生之礼，也并无什么冲突过，但是内人以同性关系偏袒朱夫人（指鲁迅妻子——引者），对她常有不敬的话，而妇人恒情当然最忌讳这

种名称，不免迁怒，但是我只取"不辩解"的态度，随她去便了。

这就是"攻击"许广平的话了。

查《周作人年谱》，20世纪60年代周作人在给曹聚仁和鲍耀明的信中经常有与许广平有关的话，可以与上面这段话相互参证。1962年11月28日，他在给鲍耀明的信中说：

日前匆匆寄信，关于某女士回忆录（按指许广平《鲁迅回忆录》）之事忘记答复，兹特补述之。她系女师大学生，一直以师弟名义通信，不曾有过意见，其所以对我有不满者殆因迁怒之故。内人因同情于前夫人朱安之故，对于某女士常有不敬之词，出自旧家庭之故其如此看法亦属难怪，但传到了对方，则为大侮辱矣，其生气也可以说是难怪也。来书评为妇人之见，可以说是能洞见此中症结也。

又说：

　　此种议论无辩解之价值，故一向不加注意，将来在《谈往》中亦将略去不提，拼出自己挨骂，不愿与"魑魅争光"，乐得省些笔墨，且此等家庭内幕发表出来，为辩解之资料，亦似乎有伤大雅也。

1962年5月4日致鲍耀明信中又说此事，用《年谱》编者的话，"信中又对许广平进行了诋毁"：

　　那篇批评许**的文章，不知见于上面报，所说大抵是公平的。实在我没有什么得罪她的事情，只因内人好直言，而且帮助朱夫人，有些话是做第二夫人的人不爱听的，女人们的记仇也特别长久，所以得机会来发泄是无怪的。

说句实在话，我对鲁迅的"第二夫人"和周作人的"内人"都无好感，甚至也可以说全有恶感。问题是那个时代只有许广平"发泄"的机会，并无周作人说话的地方（他自己一再说自己不争辩这些事，可又在信中频频提起，可见也还是想讨个说法，"无为"实是因为"无奈"）。曹聚仁是清楚这其中的是非曲直的，他也许觉得知堂老人已不在人世，公布一些信中所述实情不会再给他添什么麻烦，所以初版本就把5月20日的信影印放在了卷首，不想却给自己招来了是非。

《知堂回想录》不到一年间出现三个版本，5月20日的那封信刚见天日旋即又入冷宫，读者就不会有什么疑问吗？曹聚仁就没有个解释吗？

有的。我们且看他怎么说。

1970年10月1日，也就是听涛版回想录问世后不久，曹聚仁以"陈思"笔名，在《大华》月刊上发表《一本书的传奇》，解释为什么抽掉5月20日的周作人信。现据朱鲁大文章转引如下：

当回想录刊行时，我原该依从老人家的话写一篇后记的。他认为我对他认识较深，会扼要地说一番持平的话。可是，在老人死后的几个月，许大姐对老人先后做了苛责，老人已经不在人世，在我这个落了伍的读书人看来，她未免有点失之恕道。我乃把一封老人写给我的信刊在卷前，让后世人知道此中还有一番曲折。可是，此书出版后，一位朋友提醒我："既然家家有一本难念的经，你又何必去念呢？周家的得失短长，又关你什么事呢？"真是一言惊醒梦中人，我又何必投入是非圈中去呢，我便决定把那封信撤回来……

朱鲁大觉得，曹聚仁的这个解释不能服人。他觉得撤信的主要原因是周作人指出了把鲁迅看作"神"，"触犯了当道的大忌大讳"，这当然是对的。我不明白的是，如今信中那些"攻击"鲁迅的话我们都能看见了，而最新的《周作人年谱》怎么还要删去"攻击"许广平的话呢？在"当道"眼中，二者到底哪个更犯"忌讳"呢？难道曹聚仁的解释真的是言不由衷吗？

　　曹聚仁解释中提到的那位提醒他的朋友，当然就是罗孚了。罗孚为什么又会去劝他？是受了什么人的指使吗？

　　罗孚对此自有说法。说到罗孚，就得说说《知堂回想录》的成书过程了。这篇文章大可以继续写下去，碍于篇幅，先到这里。

2002 年月 26 日

　　作者按：这篇文章当时并没有写完，一晃八年过去，本来想续写，无奈找不到感觉，只能留待以后了。这些年我又搜集了很多种《知堂回想录》，可说的话还多。当年这篇文章是随写随在网上贴出，算得上我早期网络写作的样本，观点和材料都可能有不合适的地方，为了存真，也就不改了。以后有时间，我会为《知堂回想录》写篇完整的传记。

2009 年 9 月 27 日

董桥的"脚注"

　　董桥先生又出了一本文集，书名为《记忆的脚注》，刚看到书时感觉有些怪，读了"楔子"才知与卡普里岛有关。他说他抛开红红绿绿的人群快步走上耀眼的礁岩，看到的是古罗马奥古斯都大帝用伊基岛和拿波里换来的仙境：地势又高又崎岖，岛南岛北温差四度，百草千花像梦像幻，风过处，橄榄和葡萄的芳香是欲望的气息，怨不得盛世皇帝提比略甘心放弃罗马迁都卡普里！可是这个繁华之地过分繁华了，游客太多，商业气息太浓，一位美国人对董先生说，"我怕的是卡普里一下子成了小好莱坞"。"我倒不怕，"董先生说，有位作家1952年就怕过了，写了一篇文章就叫《卡普里脚注》。

"脚注"一词算得上是解读董桥小品文字的一把新钥匙。近几年他总说自己老了，甘愿在这个又新又冷的时代做一个"文化遗民"，笔下于是多是记忆中的旧人、旧书、旧掌故、旧风物，文字也是越来越淡，追求无声胜有声的"留白"和一语胜千言的"枯瘦"，中西句式熔铸而成的扁舟上，载的是唐诗、宋词、元曲的意境，要的是能够轻轻松松穿越明清笔记的山水风韵。与自己记忆无关的人和事他是懒得写了，大部头的学术专著、历史巨制他早就不愿意读了。一人独对科技营造的繁华胜景，他用记忆让自己的文字和时代保持距离，外面的景物、家中的藏品都只是他文字的插图："我只会凭记忆给眼下一条长巷、一株古树、一扇旧门注一些脚注。"

1999年，他重出江湖写千字专栏，当初每周5篇，之后越写越少，现在每周只1篇了。这些专栏文字先后结集出版，香港的散文大奖都得过好几次。每本书的书名他都仔细斟酌，一开始是字数稍多的句子，像《没有童谣的年代》《回家的感觉真好》《保住那一发青山》《伦敦的夏天等你来》。他说他喜欢读这些句子时的感觉，也欣赏这些句子散发出来的韵致。后来他又迷上短短的书名，要的是句短情长，味淡意真，于是有了《从前》《小风景》《白描》。再后来的集子，忽然就叫了《甲申年记事》，简朴到底，古意盎然，"记忆"的墨彩已浓，旧时的月色笼罩。最新的这本集子干脆就是《记忆的脚注》了。

我从卡普里岛回来也有一个多月了，行前没有记忆，回来也无脚注。我看到的是卡普里岛的浓妆，可惜无法在稿纸上淡抹。一双脚变不成一行脚注，还是先积攒自己的记忆要紧。

其实，《记忆的脚注》中的文章出书前我都读过了，现在重读，正是老友晤对，不用寒暄。今年年初，董先生来信说他刚写了《余家后花园牡丹盛开》，用了功夫，自己都觉得满意，让我不妨好好读读。我读了几遍，反复体会他重整记忆的方法、熔铸新旧的路数和称引人事的巧思，结果似悟非悟，实在该打。刚刚又重读几遍，突然为他日后文章的命运担心起来。以现在教育的重升学考试、轻人文素养、网络时代长大、习惯求新求快的中小学生，日后能否读懂他苦心经营的散文小品？

就以《余家后花园牡丹盛开》为例。短短千字文，提到的人名就有余英时、张充和、启功、林贻书、溥心畬（读音为余）、林熙、胡适、苏雪林、杨联陞等十余人。董先生只顾在自己的记忆时空里纵横捭阖、随处脚注，却不屑给"脚注"加上介绍说明类的脚注。写千字专栏当然无须像老男人给小情人写肉麻情书那样从头到尾一味地自我注解，董先生也清楚他提到的人名对喜欢读他文章的人来说根本也用不着解释。可是，只读网络小说不读文史名著、只看影视动画少看名画书法的新人类，遇到《余家后花园牡丹盛开》这样的文章，岂不等于是进错了家门、开错了会？客厅里一帮文化名人或私语或沉默或喧哗，不速之客或应邀来访者极有可能一个人不认识，只好呆立一旁，或掉头而去。以后出版家再出董先生文集，也许该考虑出注释本才是。

董先生的文字讲究意象意境意韵，而这意象意境意韵多由古诗文中采撷而来，旧旧的月色和新新的意趣相映生辉，作者出入新旧之间因此就有了"对影成三人"的格局。我担心深陷外语狂潮、怠慢传统诗文的新新一代，渐渐就不明白董先生的文字究竟从何处来到何处去了。《余家后花园牡丹盛开》一文中，董先生写到自己重读《重寻胡适历程》，总觉得余英时淡墨勾出了20世纪中国书生云深雁影的孤寂：薄雨收寒，酒醒天涯，霸业都阑珊，等不到的是暗中偷换西风流年。也许孩子们会说：哇，文字巨美啊，超酷啊，说这话的老大一定很帅耶！可是孩子，这哪里是文字美不美、老大帅不帅的问题！

2005 年 11 月 25 日

林文月的饮膳往事

著译等身的台北林文月教授给人间副刊新写了一篇散文《饮膳往事》，谈她当年为什么会有《饮膳札记》一书，又为什么写起饮食散文来，顺便还谈了她的待客之道。文章不长，我细细读了，觉得她的文字真有让浮躁的心思安静下来妥帖置放的魅力。现在，我又把她的《饮膳札记》翻出来，读《潮州鱼翅》等篇，直读得食指大动，饥肠辘辘。优秀的文字果然有让人的心情动静相宜的魔力。

当代的华文女作家，论文字之纯熟淡雅、相貌之娴静美丽、学问之古今东西贯通者林文月之外，可以不作第二人想。她是真正的美女作家，可是，如今一帮"美女作家"一边尖叫一边写作，水平和品位又低得不像话，结果连累"美女作家"这一称号都廉价得不成样子了，再用"美女作家"称呼林文月，简直就是轻侮。可是该怎么称呼她好呢？

我搜购林文月著译作品多年，已得23种26册，足够我时常暗暗得意一番。她的写作分论著、散文、翻译三个方向，论著有《山水与古典》《谢灵运》《澄辉集》等，散文集有《京都一年》《拟古》《回首》《作品》《交谈》《人物速写》等，译著则都是久负盛名的日本古典作品：《源氏物语》《伊势物语》《枕草子》《和泉氏部日记》和《十三夜》。

20世纪90年代中期，她因看到往日为饮食而记的卡片，觉得自己从不辨葱蒜盐糖，到稍解烹调趣旨，花费了许多时间和精力，每道菜肴制作过程中又累积了一些心得，若不写下来，将来可能会遗忘。"而关乎每一种菜肴的琐碎往事记忆，对我个人而言，亦复值得珍惜"，于是她写《潮州鱼翅》、写《清炒虾仁》、写《佛跳墙》。断断续续两三年，写了19篇后，她发现文坛报章上颇有名家高手竞写同调，成一时风气，"自己则对于重谈旧词，已然有些厌倦和意兴阑珊，于是借口前人既有'古诗十九首'，乃辑成一册付梓"，是为《饮膳札记》之缘起。

书出版后，林文月赢得了"美食家"的美名，甚至有人邀她现场表演"厨艺"。她在《饮膳往事》里说这是始料未及的后果，让她"惶怖窘困至极"。

林文月在《饮膳札记》的"楔子"里，开篇即描述自己初作女主人的窘状。她25岁结婚，以前从未拿过锅铲，连厨房都很少进。蜜月旅行归来的次日黄昏，她为了迎接婚后第一天去上班的先生回家享用晚餐，忙忙碌碌淘米洗菜，生炉火时却无计可施，用光了旧报纸，也没点着炭火。"烟雾熏出了眼泪，也引发了焦虑与羞愧。男主人准时回家时见到的不是温暖的晚餐，却是一个流泪的妻子。"她因此在研究教学写作之余，开始认真经营衣食住行等日日的生计，一心要当一个称职的女主人。

像她这样在外以著译名世、在家复以女主人身份细心经营生计的知识女性，如今是越来越少见到了。非但少见，她的这一"传统定位"已被当代"新女性"斥为"落伍"或者

"男女不平等"。她们把全球的时尚品牌背得滚瓜烂熟，却记不住一道简单的菜谱；她们乐于出入歌厅酒吧，却视厨房为畏途；她们在写字楼可以和客户谈笑风生、打打闹闹，回到家里，却不知起码的待客之道。"超女"风行天下，才媛日见凋零，唉！奈何？

林文月最新散文《饮膳往事》里讲了自己的饮食待客之道，这里不妨撮其大要，介绍给"另类女性"们。万一她们当中有幡然醒悟者，也好有个努力方向。

——以宾客人数及身份拟订菜单，制成卡片。招待平辈朋友，样式无须多，但量宜大。宴请长辈或食家大方，则样式适中，过多不宜。

——须有费时费神之昂贵菜肴，以传达诚意与心情，成为宴事之高潮，但高潮只宜一二，其他则选时鲜或较普通菜肴为陪衬，突显主题，否则高潮迭起反失高潮，徒令人感到庸俗。

——上菜顺序要讲究，冷盘先，热炒后；咸者宜先，淡者宜后；调配荤素，穿插浓淡。

——每次拟订的菜单上列出宾客的名字，免得下次再来吃到同样的菜肴。

　　——在厨房和餐桌之间保持轻松自在，以求愉快待客之效果。宾主从容尽欢，是宴会的最高境界。

　　至于每道菜怎么个做法，只好去读《饮膳札记》了。此后果然有"照此办理"的新"女主人"，一手持"林氏菜谱"，一手煎煮烹炸，游走于书房和厨房之间而能保持愉悦的平衡，其先生要记得感谢我。感谢方式即是请我去考察女主人的待客之道。

2005 年 9 月 13 日

王元化的《九十年代日记》

上海报界前辈束老（纫秋先生）领着我去拜见王元化先生。记得是1996年的秋天，风已经有些凉了。那时我正一期接一期地追买元化先生主编的《学术集林》丛刊，每期的编后记是首先要读的。老先生的《传统与反传统》《思辨短简》《清园夜读》等书我也都买了来。还有一次，我买下几本据说已成禁书的《顾准文集》，被其中的锐利目光搅得一晚上睡不着觉。我对元化先生说，《顾准文集》我觉得好。元化先生说：难得你们年轻人也说好。我们又谈到陈寅恪和顾准的子女们在"文革"中的情状，元化先生突然嗓门变高，几乎是嚷出了几句令人动容的话。那一刻元化先生的嗓音出奇的洪亮，底气足得很，眼圈竟然也是红红的……

前几天我去北京，在三联韬奋购书中心见到刚刚出版的王元化《九十年代日记》。这真是一本让人喜出望外的书。封面底色深蓝，传达的是挡不住的深邃思想的意蕴；国际大32开版本，内文纸张洁白，版式疏朗，字号较常规略大，视觉非常舒服，是今年以来为数不多的书籍精品。

我明知自己属无知晚辈，挤不进先生的日记里，但还是不由自主地要先读1996年。

看见关于《顾准文集》的文字，仿佛又回到倾听元化先生谈文论人的现场。这一年的10月29日，元化先生写道："得贵州人民出版社杨建国打来长途。杨告知他和他的领导因出版《顾准文集》一事被召去京，责令回答三个问题：一、稿子是怎么来的，出书过程如何？二、出版后什么缘故引起社会广泛反应？三、为什么成为热门的销售书？杨是该书责编，本应晋级的事被取消云云。"

元化先生珍惜自己独立思考的空间，也珍惜表达自己思想的文字。投出去的稿子不允许编辑任意改动，访谈录之类的文字要自己经眼审定才能发表。出版的诸多专著，也是本本讲究编校质量与设计品位，一点儿都马虎不得。这在当代内地学界是难得一见的学术风景。

1996年12月6日的日记提到，香港某刊擅自发表了他的《无梦楼随笔》序言，且换了标题，改了文字。他说："我的文字是经过我仔细酝酿出来的，在用字上我有我的选择，在风格上我有我的爱好，我既不喜欢别人将它刨平磨光，也不喜欢别人将它拔高扩大。"

他和张可合译的《莎剧解读》印得真是漂亮极了，他的读黑格尔笔记出了手迹影印版，他的《清园文稿类编》，甚至连大藏书家黄裳都赞不绝口。黄裳给王元化写信说："此书排印、装订，俱臻上乘。1949年以后，未见有如此印制者。开本阔大，最便老眼。复经精校，数日来泛览所及，尚未发现错字，可称善本。"这样的学术上品可惜我尚无缘一睹芳容，想必一定有惊艳之美。那年拜访王元化先生之后，我倒是在束老的书架上见过一本元化先生著作的"礼品版"，非卖品、线装、有编号、有作者亲笔题赠。天地间混迹于学术场、思想界的人多矣，只有坚持说真话的人才会如此珍爱自己的文字和书籍，王元化先生称得上是思想界的艺术家了。

李子云先生在最新一期的《天涯》杂志上写他认识的王元化，说当初他们共事时他并不喜欢王元化，觉得王"恃才而骄、颇为自负，甚至有一股凌人的盛气"。到了反胡风运动从天而降，王元化硬不承认胡风是反革命分子，结果没能逃出"阶级敌人"的厄运，李子云才改变了对王的成见，从此钦佩王的傲骨。

李子云又提到，1970年，他和王元化都在上海郊县"牛棚"里改造，上面传来张春桥"深挖黑线人物"的命令，李子云于是被重新揪出来批斗。某日斗争会要结束时，负责人照例训话，警告牛鬼蛇神不要翘尾巴。王元化突然站起来大声说："报告，我不但有翘尾巴思想，我还想翻案！"李子云说自己当时立刻全身冷汗淋淋："我简直对他的'迂腐'感到愤怒。对我的批斗是张春桥的钦定，在劫难逃，你这种自投罗网、自找苦头算什么！"这正是王元化的性格，刚直不屈的本性容不得虚伪，久积心中的委屈愤怒常常要爆发，到忍无可忍时又会失去控制而不计后果。李子云的判定确是知人之论。

王元化一生屡经磨难，痛苦难当，这当然来自他的真诚和傲骨。到了20世纪90年代，他仍然是痛苦异常，这其中的原因李子云的文中却没有提到。一个大学者晚年的痛苦常有耐人寻味之处。这痛苦既有昔日积淀的旧愁，也有与时俱来的新伤。王元化在《九十年代日记》中于此多有坦陈。1997年3月5日的日记说："1978年以后，政治处境好转，平反在望，可是张可（王元化的爱人——引者）又突然中风了。晚年又因另一种不幸，使我不断咀嚼痛苦，我是希望家庭幸福的……命运使我一生坎坷，不是政治的打击，就是痛苦的折磨，幸而都度过了，可是又失去了生活的宁静……我要忍耐命运的颠簸，像《旧约》中的约伯一样……"6天之后他又写道："今天清早醒来，不能摆脱空虚之感。我已年过古稀，生命旅程已到最后一段，盼望过安静、和谐的生活，如今却以旅舍作为栖身之地，一个人在这间小房间内咀嚼痛苦……"

我们不能详知王元化先生痛苦的真实原因，不知他为什么失去了生活的安宁与和谐，料想仍然与不容虚伪、难忍愤怒有关。老人的痛苦总是有震撼心灵的力量，有时候我们从文学、学术乃至政治老人的痛苦中，方能体会和探察人生和时代的真相，明白"后不见来者"是刻骨铭心的孤独，而熙熙攘攘的所谓"来者"往往正是老人痛苦的原因。

寻常老人晚年的寂寞可归于儿女的照顾不周，文化老人晚年的痛苦可以说是时代的辜负。当他们忍无可忍要走出那个"小房间"时，大地都会震颤的。写《列夫·托尔斯泰一生最后的一年》的瓦·布尔加科夫说，托尔斯泰尽管年事已高，但并不是一切都结束了，他一定在考虑还有什么事，这是现在谁也无法料到的。布尔加科夫认定，托尔斯泰意识到了自己处境的不正常和虚伪，为了摆脱，他是如此真诚而又如此痛苦。

托尔斯泰终于忍无可忍了，他晚年的出走正是对时代的怒吼："报告，我还想翻案！"

2001 年 8 月 21 日

谷林的书信

当初听说国家博物馆征集今人家书的消息，心里蓦然一惊：连当代手写的家书都成了文物了，写信的时代果然已经不再。我不写信也有好几年了，原因当然是电话更快捷，电邮更方便，短信更简单，不过也有心情的原因。写信是需要心情的，书信往还除互通音问、传递消息、答疑解惑的实用功能外，还有一番纸上的妙趣、笔下的情致在里头。生活中已然少有培养妙趣的时间，更缺了蕴含情致的机缘，即使信笺铺开，笔管在手，又哪里有什么话说。

虽然自己不写信，倒喜欢读别人的信。读不到别人写给自己的信，那就读读别人写给别人的信也好。滤掉实用功能，书信也就成了文学兴味很强的文字，或者说成了艺术，仿佛宋代的饭碗现在成了珍玩一样。这些年我收了很多书信集子，闲来翻翻，趣味不输读小说，收获也非读时人的文集可比。最新买到的是谷林先生的《书简三叠》，山东画报出版社 2005 年 9 月版。书中收谷林致扬之水信 53 通，致止庵信 49 通，致沈胜衣信 43 通。谷林文字本就雅致可喜，碰巧收信的这 3 位我又都有过交往，所以读来格外亲切。

读书界知道谷林，是 20 世纪 80 年代的事，他常有隽永的品书文字登在《读书》杂志上，三联读书文丛还收了他一本小册子《情趣·知识·襟怀》。到了 20 世纪 90 年代，他的随笔集《书边杂写》和他点校整理的五卷本《郑孝胥日记》陆续问世，让"圈子"里的人高兴了好一阵子。止庵曾写文章称道谷林先生小品文字的精致："大家都精致不可能，大家都不精致却是很容易的。这个时候竟然还有一位真正有文化的老人这么细致、讲究地写他的小品文字，《书边杂写》要算是我读到的最具文体之美的一本新书了。"去年东方出版社新出了一本谷林《答客问》，今年又有了这本《书简三叠》。

《书简三叠》里的文字，因为是谷林先生近 10 年间给朋友的信，所以兼有二美：小品文字的精致之美和书信文字的沉静灵动之美。遗憾的是书中没有收录扬之水、止庵和沈胜衣三人的信，也没有影印书信手迹，对话变成了独白，电脑照排的白纸黑字遮蔽了信笺上的秀丽小楷，算是美中之不足。不过，南国立冬之日，有"最具文体之美"的文字可读，也大可体会如沐春风的感觉了。

爱书的人大都喜欢谷林的文字，盖因谷林本人就是个书迷。陈原先生解释"书迷"，说书迷"仿佛为书而生，为书而死，为书而受难的天下第一号傻瓜"，所以他说谷林：

> 他对书着了迷……读书有益无益，大益小益，他全然不管。尘世的明争暗斗、低级趣味的欲望全没有了，他从所迷恋的书中得到了一种高尚的情操，一种向上的理想，一种人生的乐趣，一种奉献的品格。谷林这个

书迷确实为书而受难——他迷上了"黑"书，"黄"书，或者还有"灰"书，在那疯狂的年代，这就够了。

谷林的迷书之情在他的小品文字中是"暗流涌动"。他很少直接表白，但是你可以知道如果这个人不迷书，绝写不出那样的文字，或者说，你在沙漠中看见了绿洲，就一定猜得出那附近有湖、有河、有井。在他的《书简三叠》中，因为是给朋友的信，那几个朋友又都是出名的书迷，他对书的热爱于是处处跃然纸上，真是所谓"情不自禁"。一味感慨无用，不如直接抄信：

> 读书未必有成，因之也未必有用，但我以为这总是人间最好的东西，值得用最热切的感情去爱。（致扬之水）

> 爱书似是雅事，其实只是"好货"的某种变形，我的书不能说多，但比起我的住房来，已经太多了……然而不去书店便罢，到了书店每不禁揎袖下车，宛然冯

妇，好"货"成性，积习难改。（同上）

爱书人总嫌书价太高，谷林先生当然"未能免俗"，廉价购得心爱之书即喜形于色，视为圆了旧梦。可是他总希望书还要印得精致些，装帧得再美些。他读《香宋诗抄》，感觉此书太厚，字太小，行间加注，正文与注释也含混，于是写信给扬之水说："索性书价再涨些，一定用佳纸好墨，把书装裹得真的叫人爱不释手才好。"

爱之切，责之也苛。谷林给止庵的信中，常对到手的新书表示不满意。他说《周作人诗全编》"排版不满人意"，纸墨欠缺；杨绛手抄的钱锺书《槐聚诗存》写错处太多；《周作人日记》印得"版面局促，殊难称意"；《在家和尚周作人》书名"鄙俗至于伧父矣"……写书、编书、出书的人真不该让一个书迷有这么多"大为气闷"的时候。

止庵第一次给谷林先生写信，以师生相称，想来一定很重礼数。他说他出了本随笔集，想送给先生一本，问能否寄来。谷林先生后来写信提到此事，说当初"接信踌躇，不知如何作答"，直接说"要"似乎太粗野，婉转言谢又觉甚难措辞。还是张中行先生痛快，他接到止庵相同内容的信后说："要送书便送，何必问！"

2005 年 11 月 9 日

杨联陞的遗墨

老朋友突然"送上门来"

我的电子邮箱里突然出现了北京蒋力的来信：

久无联系，还记得我吗？

刚看过你的博客，几乎是一气看下来（科西嘉那类距离太远的就一目一篇了）。不时回想起你和姜威在北京时到我家"掠书"的事。这在你来说也许常见，但给我留下的印象是很深的。

这次我是送上门来。

读你写董桥文，提到（实际上是他提到）杨联陞，那是我外公，2004年年底我为他编的一本书在商务出版，叫《哈佛遗墨》，估计你没有，想送你。若还有兴趣，我还有新编出版的《里昂译事》（李治华著）及拙作《书生集》，亦可送。

我知道网络奇妙，但多年未通音信的一个老朋友能从虚拟世界里横空杀来，这网络也太奇妙了。我的博客一向冷清得很，纯属自娱自乐一类，从不做成名成星之想。博客世界鼓励"开博"的人把自己的网址通告满天下的朋友，我朋友不多，对我文字感兴趣的更少，这一门"英雄帖"的功课我因此也省了。按马家辉的观点，我这种放任自流的态度根本不符合"博客精神"，真正的博客应是互联互动，编织成网，能够牵一发而动全身，读一"博"而"客"天下。可是，我如此"甘于寂寞"，蒋力还是"送上门来"了。

应该是6年前，也是春节刚过，元宵将来，我和姜威为一本杂志去北京约稿，忘了是谁介绍了，反正就和蒋力认识了。他曾在北京音乐厅工作，策划过"《外国名歌200首》精选音乐会"等演艺活动，后"赋闲"在家，以"自由撰稿人"自称，以写文章自乐，还认识很多影剧名家。谈定了由他写一篇"百年剧场"的稿子后，说好了托他约一篇黄宗江先生的文章后，酒已经过了不知多少巡，醉意也不知是八分还是九分了，"走！去你家拿稿去，看书房去！"大家一哄而起，穿过凌晨夜色里的北京长安街，七拐八拐就拐到了他家。至今记得他家房子不大，书不少。他的信中说我们是去"掠书"，呵呵，这类"岂有此理，竟有此事"的事应该是有的，可惜"掠"的什么书却忘了。一晃6年，时光真的是如行云流水。

其实我早知道杨联陞是他外公。去年在北京涵芬楼的新书台上初见《哈佛遗墨》，封面编者署名"蒋力"，我还纳闷杨联陞的书怎么会轮得到蒋力去编，读了书后《我的外公杨联陞》一文，才知道这家伙竟是名门之后，当即买回一册，算是向老相识致意。早知会有"送上门来"的签名本，还不如……嘿嘿。

2006 年 2 月 7 日

杨联陞的老师们

1980 年有两个"自"字头的语汇很流行，一是"自我设计"，一是"自学成才"。当时很多人都把"自学成才"理解成了"无师自通"，对老师尤其名师的作用未免有些忽略。前些日子曹鹏著文评何鸿宾的花鸟画，开头也笔涉于此，却另开出一意。他说，那时太多没有受过正规教育的人，对科班出身的人怀揣"酸葡萄"心理，夸大了自学的作用。"没有受过正规教育或高人指点，哪里谈得上会自学？"他说有些人连基本的学问门径都无从得知，仅靠一点小技术就混迹于书画界，根本不知道"自学"是要本钱的。当然，进了大学，没有自学精神，也容易妄自尊大，花拳绣腿，"很多名牌院校出身的因为自视过高，把学历当成了学问，不肯下苦功夫，眼高手低，难于大成"。

成大器的途径因此可以总括为"名师加自学"，相比之下，还是自学易为，原因很简单：名师难求，或者说可遇不可求，尤其是现在。我们听多了明星的绯闻，却很少找得着名师的讲堂。很多执教鞭的人摇身成了"明星学者"，影视界的明星又纷纷挤进名校去"客座"，去"名誉"，唯名师独自寂寞。

上文提到的杨联陞，他出身清华，又在哈佛求学，20世纪50年代已是国际汉学界一流学者，治经济史也治文史，余英时都称他是"中国文化的海外媒介"。我读蒋力编的《哈佛遗墨——杨联陞诗文简》，大有感触的是，"名师出高徒"这句老话确是不易之论，哪里是轻飘飘几句"自学成材"可以否定的。1930年，清华大学名师荟萃，杨联陞沐浴其中，受益无穷。他的国文老师是朱自清，秦汉史老师是雷海宗，隋唐史老师是陈寅恪，中国经济史老师是陶希圣。他还跟着俞平伯学词，跟闻一多学楚辞，跟张荫麟修学术史，跟杨树达读《说文解字》，唐兰教过他古文字学，王力教过他中国音韵学，张星烺教过他中西交通史。他更是钱稻孙的日语高足，是赵元任的语言学助手，和胡适之谊兼师友，论学谈诗 20 年。

杨联陞说，当年陈寅恪开讲隋唐史，周一良、俞大纲都跑来旁听，一堂课下来，对陈寅恪倾服之至，连连叹道："真过瘾，正如听了一次杨小楼的戏。"杨小楼的戏早成绝响，"样板戏"倒是余音袅袅，我忽然明白，"自学成才"的声音其实也是发自真诚，那是真诚的激励，只是今天听起来更像是一声无奈的叹息。

2006 年 2 月 8 日

"原来他是我老公"

这几天我读蒋力编的《哈佛遗墨：杨联陞诗文简》，无意中搞清了一本旧书的身世，喜甚。

两年前我在香港神州旧书店买得一批文史典籍，其中有孟森著的《明代史》。孟森笔名心史，是明清史大家，所著《心史丛刊》素负盛名。我于明清史只是略感兴趣而已，属于随便翻翻，向无研究，所以竟不知道有孟森《明代史》一书。此书封面标有"中华丛书"，由中华丛书委员会印行，可是书前无序，书后无跋，版权页上也没有出版日期，显然属于掐头去尾的翻印本。港台旧书店这类翻印本数不胜数，大都是20世纪60年代和70年代的"特产"，因当时海内外不通消息，又不受国际版权公约节制，所以也难说是什么"盗版"。

　　书籍自有命运，旧书也各有身世。买回一本不知来历的旧书，就总想弄清它的前世今生。却原来，这本《明代史》的出版和杨联陞大有联系，《哈佛遗墨》中《重刊孟心史〈明代史〉序》一文道出了原委。1930年，孟森在北大授明清史，曾印行授课用讲义若干，外间很少流传。杨联陞在清华上学时，曾去"偷听"孟森的课，无奈也拿不到讲义。过了一两年，杨先生逛东安市场旧书摊，竟然买到讲义的装订本，也不知是哪位学子卖出来的。1941年去美国留学，杨联陞就把讲义带了出去。"我想，"杨联陞说，"这部讲义始终没有印行，流传既少，又经战祸，我这一份，可能已经成为海外孤本。"到了1957年夏，他把讲义带到台北，同张晓峰先生商量是否可以印行。张欣然接受，说可以收入"中华丛书"，又请劳贞一先生担任校对，当年就印了出来。

据说《明代史》有392页，我手中的这个翻印本才361页。除拿掉了杨联陞先生的序，不知还抽掉了什么内容。好在我知道了此书原本的面貌，也算是闲读书意外一得。我现在的心情正仿佛70多年前一位叫潘兰珍的女子的心情，只不过她是惊呆，我是惊喜。潘兰珍和陈独秀生活了两年多，并不知道自己的丈夫就是陈独秀，她只管他叫"李老头"。1932年，陈独秀被捕，一时成重大新闻，到处都在谈论，潘兰珍也和娘家人整日谈论不休。她还大加评判："陈独秀太自傲了，这回免不了杀头！"她父亲买回一张报纸，上面有"陈独秀已押到南京受审"的新闻，并配有照片。潘兰珍一看惊呆了："原来陈独秀就是我老公！"

2006 年 2 月 10 日

读着读着就"隔世"了

蒋力搜集了他外公杨联陞的 62 封家书，收录在《哈佛遗墨：杨联陞诗文简》里。这些家书是杨先生写给他女儿杨忠平和内兄缪钺等人的，时间是 20 世纪 60 年代到 80 年代。我读这些家书，常生"隔世"之感，这"世"，一是时间之"世"，所谓前世来生的"世"，一是地域之"世"，所谓大千世界的"世"。

1974 年，杨联陞去国赴美几十年后首次回国探亲，想见见生活在成都的缪钺。缪钺是著名历史学家、文学家，也是词学大家，写过《杜牧传》《读史存稿》，主编过《三国选注》《中国野史集成》，其《灵谿词说》已是当代词学经典。可是 1974 年缪钺如果想去北京见见他的妹夫杨联陞，大不容易。他先说自己"眼病严重"，难以出门远行，可是读他给杨忠平的信，我们很容易体会出，这其中应该另有内情。他说自己不能赴京的信还未发出，马上又写了第二封，因为，"我又有可能赴京，"他写道，"学校行政部门工作同志

· 194 ·

来家中说，接到省外事处传来北京有关方面通知，要我与你舅母同赴京见你父母（指杨联陞夫妇——引者），并言，可以接洽买飞机票。（如无机关介绍信，私人难以买到）"。又说，"如能买到三叉戟，平稳快速，我们就可以赴京，心中甚快"。现在轻易就能坐飞机满世界旅游的青年人，难以想象当初一个大学者要见一位华侨，手续有多烦琐，更难想象坐一次飞机是一桩多么"政治"的待遇，岂是平民百姓所能奢望的。

说是家书，杨联陞肯定知道，在尚未开放的年代，他写给国内亲人的信别人有可能会"审阅"，行文措辞因此相当慎重，连"台湾"二字都略而不提。有趣的是，他经常在信中表示他正在"努力学习"。1976年2月21日的信中说，他几乎每日看报（指《人民日报》），看《自然辩证法》。他看了2月8日北大历史系反击右倾翻案风的报道，说这让他"十分感动"。1976年7月7日的信中，他说他收到了女儿从北京饭店寄到美国的一包书，"计有《论孔丘》《孔丘教育思想批判》《铁旋风》《边城风雪》《青松岭》《杜鹃山》《创业》《渡江侦察记》《火红的年代》，共九册。都很有用。"我实在想象不出这几本书对一个海外一流汉学家有什么用处，我体会到的是用时代烟云小心翼翼包裹起来的拳拳游子情肠："场面话"是要说的，因为他太想回来看看家里的亲人，还有这片山河故土。

世事无常，世道多变。如今天空中早已不见了三叉戟，阅读地图上没有"青松岭"，也没有"杜鹃山"，那确乎是另一个世界的风景了。

2006 年 2 月 15 日

启功的率真

一

今年早些时候启功先生驾鹤西归了。前几天在《主流》杂志上读到曹鹏的《增订启功访谈录》。2003年起曹鹏多次到北师大启功住宅拜访，又录音又录像，"听到了很多在其他人那里绝对听不到的东西"，整理出来的访谈录如今成了难得的文献。启功先生对曹鹏谈到张中行，说"那老兄学问真了不得，出的书多得很"。启功提到当年张中行在人民教育出版社只是个副编审，曹鹏很惊讶："后来应该是正的了吧，若此人都不是正高职称，谁还配是正高？"启先生说：

"到了也没有正。他也不问，也不争。"他们又谈到杨沫，谈到《青春之歌》中影射张中行的"余永泽"，启先生觉得杨沫把余永泽写得太坏了，张中行先生也不和她辩驳。后来运动中有人找张中行调查杨沫的事，他也是轻描淡写地谈谈。"杨沫说，我真没有想到你是这样答复来调查的人。杨沫后来服了。"启先生真是很关照他这位老朋友，处处替张先生说话。

陆昕在《静谧的河流》中也多次提到启功和张中行的友情，好玩得很。都是十几年前的事了，张先生往启先生家打电话，总是打不通，怀疑是不是换了号码，就打电话问陆昕。陆昕很快就搞清了"真相"，原来是电话坏了，号码倒没变。他打电话想告诉张先生原委，张先生笑道："陆昕，我告诉你个特殊的事儿，启先生这会儿正在我这沙发上坐着呢！一会儿我们准备到楼下吃个小馆……"

2005 年 11 月 11 日

二

　　启功晚年曾作打油诗自嘲没有学历，说自己是"中学生，副教授；博不精，专不透"，他因此也特别感激当年一心提携他的陈垣。陈垣先生任辅仁大学校长时，启功去找他。陈垣知道启功有家学渊源，学问上用过功夫，大堪造就，就派他到辅仁中学教一年级的国文。辅仁中学属辅仁大学的教育学院管，院长说此人没有学历，教中学不合规章，把启功辞掉了。"好吧，"陈垣说，"那让他做美术系助教。"可是美术系也是归教育学院管，那位院长又找了个理由把启功辞退了。陈垣有些生气了："好，你刷他，我让他到辅仁大学教一年级国文。"陈垣自己当时也教一年级国文，那位院长再也管不着了。

　　这一段故事很多人讲过，可是我没见到有人提过那位院长的名字。前几天读曹鹏《增订启功访谈录》，才知道那位院长叫张怀，是国民党人，1949 年曾经想去台湾，让徐特立拦下，进了华北革命大学，1952 年北京文史馆成立后，他去当了馆员。同时或先后入馆的多是专家学者、书画耆宿、清室后裔及旧时军政要人，诸如清末贝子、著名书画家、古琴家溥雪斋；大律师刘煌；太极泰斗吴图南；围棋前辈过旭初；纪晓岚后裔、著名女法学家纪清漪，等等。张怀的头衔是"著名教育家"。

启功当然对张怀不满，到老都耿耿于怀。他对曹鹏说，当时他写过一首打油诗挖苦张怀："院长张怀真不赖，市参议院国大代。心要一歪是张坏，事不详，腿要快，飞机不来坐以待。"他自己也觉得这么挖苦人不好，笑着对曹鹏说："这个您别给我写出来。"启功还说，张怀夫人死后，美术系一位姓刘的学生嫁给了他。这位刘女士多次替张怀带话给启功，说要见见面。"我心里说了，他要见我，我不去！"启功说，"我现在看北京市文史馆的人名录有他。我现在是中央文史馆馆长！"说到这里启功又笑了。

虽说"古今多少事，都付笑谈中"，可是笑谈自己往事中的恩怨大不容易，具大智慧者如启功，也难免有时间润化不开的难解心结。曹鹏原样整理出来的三万余字的《启功访谈录》，有许多以前很少读到的内容。启先生忆往述今，一派臻于化境的率真。曹鹏据实直录，不为尊者讳，都难得。

2005 年 11 月 16 日

三

北京的黄苗子先生给上海的黄裳先生写信谈启功先生，说世俗总以"书法大师"称呼启功，实在是一顶糊里糊涂的"桂冠"（原信登载于《万象》2005 年第十期），他说启功先生治学态度认真严格，天分又过人，其国学成就自有别人难以企及之处，他得了"书法大师桂冠"，是现代文人的尴尬事，算是"歪打正着"的。我感兴趣的是，他说这些话的时候，特别加了一句："陈寅恪晚年，写柳如是，写《再生缘》作者考，这不也是牛刀割鸡吗？"

史学大师陈寅恪晚年，自谓"著书惟剩颂红妆"，写了《论再生缘》，写了《柳如是别传》，于历史研究、考证领域独辟蹊径，有令人耳目一新的成就。他之"颂红妆"，是他自己的学术选择，但这究竟是有意为之，还是无奈而为，学界有不同的说法。不过，为此感到"可惜"的声音，经常能够听到。黄苗子的"牛刀割鸡"之说，也是同一个意思。我猜测黄苗子先生谈启功时竟然谈到了陈寅恪的治学得失，或许与他平时与启功先生多有交谈有关系，因为最近披露的材料证明，启功先生本人对陈寅恪先生研究柳如是和《再生缘》也颇有意见。这"意见"就见于我在前面提到的曹鹏《增订启功访谈录》里。美术评论家陈传席看了这个访谈录中关于启功先生对陈寅恪等人的评价后曾说，他原来的印象是启功先生讲什么问题都很简单，吞吞吐吐，不敢直率地臧否人物，也了解不到他所经历的人和事的真实情况，可是，在曹鹏的访谈录中，"启功所谈的问题都很有价值，都很深刻……这和印象中的启功不一样"。

启功先生是在回答曹鹏有关史学界"南北二陈"的问题时谈到陈寅恪的。他说，陈寅恪和陈垣是好朋友，"问题是，"启功话锋一转，"比如陈寅恪先生研究柳如是、研究

《再生缘》——就是不念《再生缘》对于史学又有什么关系呢？"曹鹏回应说"有人说他借题发挥"，启功先生说："他借题发挥，发什么挥？是不满意现实？……所以我觉得，寒柳堂啊，什么再生缘、柳如是等，对直接教学、对学生好像没有必要。要学生读《再生缘》？"他解释说："有些老人，没事看着玩，比如看《三国演义》《水浒传》《西游记》，是看着玩，并不能够说这人看过《三国演义》《水浒传》就是史学家，或者与学术有什么关系。这不是一回事。"

我真的没有想到启功、黄苗子等先生对陈寅恪先生晚年的研究是这样的看法。

2005 年 11 月 21 日

胡道静的伤痛

　　去年在博雅五楼特价书店见到《中国科技史探索》一册，16开漆面硬精装，李国豪、张孟闻、曹天钦诸先生主编，顾廷龙先生题书名，上海古籍出版社1986年12月一版一印。这本是《中华文史论丛》的增刊，专为纪念李约瑟先生80诞辰而邀集众学者提供论文，编纂成书。论文作者阵容之强大，真是没得说，像鲁桂珍、曹天钦、黄仁宇、谭其骧、钱存训、李国豪、胡道静等大家都赫然在列。我尤其喜欢钱存训先生的《中国发明造纸和印刷术早于欧洲的诸因素》，也对加拿大汉学家卜正民那篇《明清两代河北地区推广种稻和种稻技术的情况》感兴趣。钱存训先生关于中国纸与印刷的专著我读过一些，卜正民的《纵乐的困惑：明代的商业与文化》是这两年中译过来的汉学名著之一，我读了受益良多。这两位同时出现在 20 世纪 80 年代的一本论文集里，让我感觉亲切，于是欣然将《中国科技史探索》买下。

近读《文汇读书周报》王恩重先生《"上海的战士"胡道静》一文，才知道这本论文集的主要编纂者其实是胡道静先生，成书前后还有一些颇值一提的小故事。我知道胡先生是著名古文献学家，读了这篇文章才知道他还是著名科技史、农学史专家，是中国新闻界的老前辈，两年前在上海去世。年轻时他有机会广拜名师，先后精研学版本学、目录学、经学、音韵学、敦煌学、语言史、古文字学、农业生物学、植物学等学问，卓然而成一代大师。18 岁那年，他读了美国学者卡特《中国印刷术的发明及其西传》一书，得知中国发明印刷术原来就记载在北宋沈括《梦溪笔谈》里，从此源源不断地将平生学力倾注在"梦溪"里，以深厚的古书校正造诣频频和沈括"笔谈"，20 世纪 50 年代先后推出《梦溪笔谈校证》和《新校证梦溪笔谈》，引起海内外学术界高度重视，顾颉刚、胡适之等先生都评价此书"了不起"，堪与裴松之注《三国志》媲美。西方世界也因此了解到北宋时期中国科学技术的历史，"古代中国是科学沙漠"的旧说法随之不攻自破了。

胡道静先生的成就也获得了英国科学史家李约瑟博士的激赏，他主编的《中国科学技术史》从第三卷起开始以《梦溪笔谈校证》为出发点，大量引用《梦溪笔谈》材料。1958年开始，胡、李二人开始了38年的书信交往。1964年，李约瑟博士终于在上海见到了胡道静。可是，谁又知道，这一次见面却给胡先生带来了近10年的牢狱之灾。

此事说起来，既感沉痛，又觉荒唐。或许是那个特定时代的常见的事吧，可是多么希望永远不再有这样的事。

李约瑟博士自1952年起，应邀来华共5次，每次都历经大半个国土，到处走访科学界新老朋友，搜购新书旧物，华罗庚、郭沫若、侯外庐、冯友兰、王亚南、张子高、梁思成、李四光、竺可桢、胡道静等都是他学术交流名单上耀眼的名字。王恩重的文章说，1964年，李约瑟博士第一次见到的胡道静是这样的：头上留存半白发，身着中式棉袄，形似中国老农夫。李博士和这位"当今中国《梦溪笔谈》研究第一人"畅谈至深夜。因英美当时认定李约瑟博士是马克思主义者，中国则视李约瑟博士为"国际进步人士"，所以组织安排胡、李见面较为顺利，也没有安排翻译人员在场，由着他们谈中国古代的科学技术。可是"文革"一来，乾坤颠倒，这次见面就成了胡道静"里通外国"的证据，以"现行反革命分子"的罪名判刑10年。这背后其实是那位曾在胡道静手下做过小编辑的张春桥作祟，罗织的是新罪名，发泄的则是旧怨气。

　　一切联系突然中断，李约瑟1966年起年年寄书、写信，胡道静这边却是音信全无。其实，海外寄来的书和信，胡道静的爱人都能收到，可是每次她都得根据"规定"，横穿市区徒步将刚收到的书信送到"有关部门"审查，得到的批示也大都是造反派头头一句话：此人已死，寄来的书没收。李约瑟不放弃打听胡道静先生下落的努力，1972年访华时专程到上海指名要见胡先生，造反派头头的答复是："胡道静？

没有听说过这个名字。"李约瑟说："一定要找这个人，一定要见面不可。""头头"顺口瞎编说："这肯定是一位老学者，现在一定是死了。"李约瑟不相信："他还不到 70 岁，不可能死。""头头"才不管李约瑟失望的心情，敷衍道："那我们再调查一下吧，以后再给你答复。"

写《"上海的战士"胡道静》一文的王恩重与胡道静先生多有交往，了解道老的逸事甚多，有兴趣者可找《文汇读书周报》一读。"上海的战士"一语又有什么来历？

"1939 年 9 月开始，我作为留学生旅居在北京一年、济南半年。"日本农学家天野元之助在《我做学问的经历》中写道，"在北京时，旧书店的人经常来访寓所，打听我的研究题目，并把有关的书留下。一个星期后再来时，便把我不买的书拿回去，而把新的书送来。结果我把王祯《农书》《农政全书》《古今图书集成·食货典》等都买下来了，这件事与我日后的研究工作是有联系的。"

当然有联系。后来天野元之助写成了《中国古农书考》，享誉农学界。胡道静先生就没这么幸运了。他曾经认为农学书录一类著作，有作者自己的见解和结论，成一家之言，可是他想编纂的是《中国古农书总录》。游修龄在《怀念胡道静先生》一文中介绍说，道静先生的计划是直接提供目录学原始材料，上起周代，下至辛亥革命之前，每一部农书的入编体裁都包括著录、版本、序跋、成书过程与流布经过，以及刊刻者的评价和考订等。他自1959年就开始这一工程，至1966年初夏时，积稿已得一百余万字，接近完成，"文稿堆地，高与桌齐"。"文革"开始，道静先生身陷囹圄9年之久。平反之后，追寻被抄家的文稿，竟无片纸遗留，原来是被"专案组"悉付之一炬了！

胡道静蹲大牢时，海外关注他的并非李约瑟博士一人，天野元之助也以自己的方式默默祝福着他，年年都有一张贺年卡从日本飞来，等的只是回音。终于，回音来了，1977年春节，天野元之助收到了胡道静的明信片。他马上把此消息发布出去。李约瑟知道了，很多关心胡道静的友人都知道了。1978年夏，李约瑟到了上海，老友在14年前初次会面的锦江饭店重逢。王恩重的文章记录了当年两人激动不已的话语。李约瑟说:"我一直为你担忧,也一直在打听你。"胡道静说:"我以为再也见不到你了⋯⋯"

1980年年初,胡道静开始负责编纂祝贺李约瑟80寿辰的《中国科技史探索》,竟至肝病复发,昏迷倒地,经抢救才又渐醒人事,但仍长时间咯血不止。消息传到英国,李约瑟急电道静先生放下论文集一事,安心静养。道静先生在复电中说:"I am a fighter, I can carry on!"王恩重文章的结尾处透露说,当时剑桥人很快都知道了这句话,争相传诵。再提胡道静,便以"上海的战士"相称。

此刻我把右手放在《中国科技史探索》的封面上,以向"上海的战士"致敬。

2006年1月14日

张中行的离去

这么好玩儿的一个老头，走了

我先在网上知道张中行先生去世的消息，第一反应是给北京靳飞打电话求证。他是行翁的忘年小友，两人交往20余年，行事常常没老没少，说话迹近没大没小。当年张老先生突然成"文坛新秀"时，第一篇专访即是靳飞所撰，标题下了个骇俗的断语，叫"没写《围城》的钱锺书"，极言张中行学问好，只是没写《围城》而已，惹得张老爷子连连说他"胡闹"："我怎么能比得上钱先生的学问！"写第二篇文章时，靳飞摸得准脉了，标题叫作"文坛老旋风"，老先生高兴了，说你这"老旋风"，词儿用得好。

这些都是靳飞电话里告诉我的。说起张中行的人格文事掌故，靳飞是连想都不用想的，无数故事都在心里嘴边。电话刚接通时，我只没头没尾地问："是真的吗？"他答："是真的，今儿凌晨的事。"我说肯定有你忙的了。他说这几年也不知怎么了，光送这些老人了。我知道他指的是吴祖光、萧乾、严文井、启功、梅绍武等，这几位老人都是他很老的老朋友。我说你也不必太难过，他说："我倒是不难过，九十七八的老人了，是喜丧。可是，"有张先生在，心里觉得踏实。他走了，有些话没地儿说去了。有些话，跟他说，他能明白。他一走，把他自己做人的学问、治学的态度都带走了。"

也许是心里憋闷，第二天，他电话又打过来，说一些这两天好笑的事。"这算什么事儿啊！"他笑着说，"好家伙，好多花圈、花篮都送我这儿来了，我又得往张先生家里送，有时候还得替送花圈的人写挽联。人家门口保安都纳闷了：怎么还有这么办丧事的？"又加一句："我那幅写给张先生

· 212 ·

的挽联儿，都写了好几年了，这回用上了。"又说起张先生做学问："他做学问，那不是为学问而学问，不是为了卖弄，他的学问是做人用的。他学问大，但又说不上是哪门子的专门学问，他就是为了自己活着清醒，不上当。"

张先生酒量不大，也就是白酒一两。"好多年了，有一回，他喝多了，喝了一两五，有些晕乎。他就说，靳飞，都说咱怎么怎么著名，你说咱真有那么大的名气吗？呵呵。""又一回，"靳飞接着说，"一大学教授，说谁能把张先生文章里引的文用的典都注出出处来，我就给他博士学位。张先生听了这话，说，我自己都注不出来了。"

这么好玩儿的一个老头儿，走了。

2006 年 3 月 1 日

不相干的事

靳飞又在电话里开骂了："你说这老头儿一不在了，不相干的人出了很多，见过一两面的，没什么交情的，都跟那儿写什么悼念文章。谁谁谁他连面也没见过，悼念什么呀。"本来我还想写篇文章悼念几句张中行先生，让靳飞这几块砖一砸，吓回去了：我原本也是一个"不相干的人"。

不写悼念文章，但总可以说几句话。话说是十一前的秋天，我为一个尚未出世的文化周刊组稿，去了趟北京。那会儿张中行的名气在读书人圈里如日中天，大有"行不行，看你读不读张中行"的意思。我的版面需要名家稿子撑腰，也就闹着非让朋友引见张中行不可。朋友说，你让那谁带你去，肯定见。我不解，他说她是女的。呵呵，张先生喜欢和女作者、女编辑聊天，我只好把我刚认识不久的女作者当成了通行证，直奔北三环外张先生的家。

记得是张先生的太太开的门，把我们迎进来，往书房一指，就回自己屋了。厅很小，光线也暗，我们还没敢落座，就听见突突突脚步响，一个笑眯眯的老头出现了。他说着好好好坐坐坐，一直是笑眯眯。很普通的老头，很无碍无挂的笑。我问候了几句，说些仰慕的话，他说那没什么的，都是玩儿的。然后我就不知道说什么好了，正好张先生也没时间理我，他忙着和领我去的女作者说南说北，问东问西。书房门开着，我能看得见靠墙而立的一壁书架，看得见靠门口摆放的一张小桌。桌上没有摆什么书，很干净。有铺开的稿纸，稿纸上躺着钢笔。

趁着他们俩说话的缝隙，我赶紧说明来意。张先生说，"好说好说，我这里有一篇，你看行不行。"我连说："行行行。"他说："你看看，行就行，不行就不行。可是有一样，不能乱改，可以不发。"他说现在有些编辑乱改稿子，"真敢改，我文章里写了胡蝶、胡涂，他们就当我写了错别字，非给我改成蝴蝶、糊涂。这是胡改。庄子写的是胡蝶，哪是什么蝴蝶？"

他突然笑眯眯地问："人家说我散文写得好，说还有一个人也写散文出了大名？"

我说："你指的是不是谁谁谁。"

他说："对、对。"

我说："你觉得他写得怎么样？"

他说："不知道啊，没看过。你看过吗？写得好吗？"

我说："看过，我觉得写得好。"

他不知想起了什么，脸上暂时不笑眯眯了，说："文章不好写。"

后来我们就去了一个酒馆儿。张先生说他不喝酒，我也没敢喝。酒桌上还聊了什么，都忘了。他那次给我的稿子是《〈启功絮语〉的絮语》，回来后很快就见报了。写这段文字时我想找找当年他的手稿复印件，翻了半天，没翻着。

2006 年 3 月 1 日

张中行说书

刚刚去世的张中行先生是大"杂"家，"杂"到笔下没有什么不能写，且都说得和别人不太一样。以读书一事为例，他说过很多次，说得不仅透，还有特点。特点有三个：其一，不唱高调；其二，通；其三，说说而已。其实，他的许多文章都有这种妙处。

先说不唱高调。张先生自视"布衣"，从不讲高入云端的大道理，也不玩哭哭啼啼的煽情术，大都是笑眯眯地唠家常。为什么要读书？这其中的大道理别人讲得车载斗量，可是张先生说："人生的一切活动，如果以投资与收获的比例衡量，最合算的应该是读书。"为什么？他说，书本上记得一般都是前人精华，这些精华有些你自己费大力也可求得，有些就绝不可能，而"读书有如开宝库的钥匙，不用它就不能进去，用它，大难就可以变得很容易"。以"实利主义"角度论读书，是很多"崇高人士"所不屑为的，张先生不管，他说自己的实话。

再说"通"。他在《顺生论》中论读书，讲了很多读书的好处，诸如可以多知、可以明理、可以怡情、可以立言之类，最后笔锋一转，说，读书的好处之一，是因读书而收书，可以因得喜爱之书而自得其乐，"虽然只是闲情，以读书人为本位，也很值得珍视"。要藏书，费力、费钱、占地方，这都是苦，"可是，有不少读书人还是知难而进，为什么？就是因为，他们觉得，与得书之乐相比，那些苦都算不了什么"。从读书之益讲到得书之乐，把阅读和收藏串在一起，把因读书而收书记在读书之利的账上，这就把一个人读书可能有的几个阶段，甚至把几类不同的读书人，都挂在一条绳子上了，此之谓"通"。讲读书有这样那样好处的人不少，讲读书的人自己都享受过"得书之乐"吗？未必。

最后，所谓"说说而已"，在张先生那里可能并不是初衷，可在读的人看来，觉得不好学，或做不到，也就成了说说而已。他在《负暄三话》里给"痴迷"书的人开偏方，说读书只重实用的人不会对书入迷，已经迷书成痴的人也还是可以对症以疗救，偏方之髓及服用方法是，先想想古今那些"挥泪对藏书"一类人的可怜可笑，再想想自己的"挥泪"同样是可怜可笑。这样面上会破颜，心上会感到无所谓，"于是苦境就摇身一变，成为乐境，至少是安逸，总之，结果必是胜利大吉"。真说得轻巧，书迷之痴如能服此方而顺利痊愈，天下反对藏书丈夫的太太们真该奉行翁为"有效节省书生家庭开支联合会"的教主了。所以我说他也就是说说

· 218 ·

而已，或者犯了大夫的毛病——大夫总是治不好自己的病。

2006 年 3 月 2 日

再写点关于张中行的

北京的记者给"文化广场"写稿，报道张中行先生的遗体告别仪式，其中提到一幅"特殊的挽联"，说那是张中行先生的老师熊十力先生 50 多年前迁离北京时写给他的座右铭。我对那几句话感兴趣，可惜记者只引了一两句，后面就弄了几个小黑点省略掉了。后经靳飞指点，我终于在张中行《负暄琐话》中找到出处。1954 年，熊十力先生将离京赴沪长住，行前张中行去看他，请写几句话，留作座右铭。熊先生写道："每日于百忙中，须取古今大著读之。至少数页，毋间断。寻玩义理，须向多方体究，更须钻入深处，勿以浮泛知解为实悟也。甲午十月二十四日于北京什刹海寓写此。漆园老人。"此数句确为读书真谛，难怪张中行先生一直保存在身边,"文革"时丢了那么多书籍信札,终还是将这幅字藏了下来。日后遇见与我有字缘的书法家,一定请他原原本本给我写一遍。

前些日子我在这里写《就"躺读派"答记者问》,原是游戏文字,结果靳飞倒认了真,老远打电话来说:"不太同意你的说法,要商榷一下。"他说有些书可以躺着读,有些则不可,"那些用生命写成的书就不能躺着读,哪怕每天坐5分钟呢,也得坐着读"。他举张中行的书为例:"《负暄琐话》须坐读,'二话''三话'就可以躺着读;《留年碎影》要坐读,《禅外说禅》躺着读就没有问题。"如此推演下去,世界上的书就分成了三类:一类是可以躺读的,一类是必须坐读的,还有一类是躺着、坐着都可以不读的。曹雪芹写《红楼梦》,"字字看来皆是血,十年辛苦不寻常",一定属于必须坐读之列了。我今年元旦起重登红楼,天天躺读一两回,看来真是罪过,只好在此请芹兄原谅。

彭程给"文化广场"写文章纪念张中行,其中提到有次他去看张先生:"他给我看他珍藏的几方砚台,并说起某个作家曾很得意地把自己搜集到的砚台搬来，请他鉴定。'我看第一眼，就知道是假的'！"此事我听靳飞讲过，而且比彭程所记生动得多，不妨在此补叙一二。那位作家姓高，某日得到一方据说是纪晓岚用过的巨砚。他知道张中行先生是此道行家，就抱着砚台登门造访，请求鉴定。进了门，他怀抱那方宝贝，激动地满屋转，都不知道该放哪儿，张先生瞄了一眼，说："放下、放下，假的、假的。"接着又补充一句："就没见过这么假的。"

他后来对靳飞说："纪晓岚怎么会用这么差的砚？"

2006 年 3 月 7 日

萧伯纳的"恶毒"

我有点羡慕香港诗人兼翻译家黄灿然了，因为他在《信报》写文章说，有几天他吃早餐和夜宵时，饭桌上摆着一本好玩的书 *People on People: the Oxford Dictionary of Biographical Quotations*，他翻译成《臧否人物：牛津引语实录词典》。书中所收，都是名人评论另外名人的话。说评论有点太客气了，该是讥讽、嘲笑、调侃，只是话都说得漂亮，连尖酸刻薄都充满智慧，远不是街头泼妇骂街式的胡闹。

黄灿然先引了施瓦辛格与批评家克利夫·詹姆斯的一个回合。施瓦辛格说自己："谁也无法描述我。所以别白费心

机。有人想解释我，但就连我自己也解释不了自己呢。"詹姆斯却知难而上："他（施瓦辛格）看上去就像一个塞满胡桃的褐色避孕套。"呵呵，就这么好玩。

英国戏剧家萧伯纳写评论、写小册子、写剧本，惯用尖刻、锐利的路子，不惜走极端，有"语不伤人死不休"的风格。《臧否人物》中引了他一句话，黄灿然评价为"一语伤三人，够恶毒"。萧伯纳说："当我拿自己的思想来度量莎士比亚的思想，我发现除了荷马之外，没有一个著名作家像他那样令我如此彻底鄙视，哪怕是我所鄙视的司格特爵士也比不上。"

这反而激起我对萧伯纳的兴趣，之前我是不怎么读他的书的。在书房里找出一本《萧伯纳与爱伦·泰瑞情书》，翻了翻，发现他不管写什么文字，笔下总不留情，一味图自己痛快。他喜欢用对比的句式，说一些读起来过瘾却无法证明准确与否的话。他一度欣赏英国著名演员亨利·欧文，希望他砸烂传统戏剧，走易卜生倡导的新戏剧道路。可是他认为欧文竟然回到了老路上，于是评价说："在公众眼中，他从未向后看。但在我的眼中，他从未向前看。"欧文聘请了萧伯纳一度深爱却没怎么见过面的女演员爱伦·泰瑞出任女主角，萧伯纳说了句好话，却怎么听怎么别扭。他说："这是他（欧文）第一次，同时也是最后一次明智的举措。"泰瑞在萧伯纳的鼓动下离开了欧文的兰心剧院，他高兴了："她的离去与其说是最后一次为他效劳，不如说是第一次为自己负责。"

　　骂人者亦被骂。萧伯纳口无遮拦，"一语伤三人"，惹恼了别人，热闹了众口。一干名人又怎么回击萧伯纳？多亏黄灿然将收入《臧否人物》中的这些妙语译了出来，我们可以体会洋名人之间是如何"相轻"的。（黄灿然文章见 2005 年 8 月 27 日《信报》文化版）

　　奥威尔说："萧伯纳对莎士比亚的所有攻击的基础，实际是这样一个指控（当然，这指控属实），即莎士比亚不是一位开明的费边社成员。"这是拐着弯讥讽萧伯纳的费边社成员身份了。费边社是英国一中产阶级知识分子组织，创立于 1883 年。这个组织提倡温和的社会主义，要求社员逐渐渗入保守党和自由党，避免采取激进措施。萧伯纳1884年加入，迅速成为中坚分子。他很看重自己这一身份。他和女演员爱伦·泰瑞有过一场持续几年的纸上恋爱：经常通信，不常见面。他们的住所相隔不过20分钟路程。可是萧伯纳认为他们生活在两个不同的世界："她身处落后一个世纪的剧院里，而我则身处先进一百年的政治团体（费边社）中。"难怪奥威尔要郑重其事地拿费边社说事。

奥威尔的话还算温和。另一位作家维维安·莱赫就开始出花样了："萧伯纳像一列火车，你读他的作品只是坐在原位上讲话。但读莎士比亚就像在海里洗澡——你想游到哪里都行。"

爱尔兰诗人叶芝的话就说得俏皮多了："萧伯纳让我高兴，他真是令人敬畏。他能打击我的敌人，还有我所爱戴的人的敌人，而我永远做不到。"

同样以尖酸刻薄著称的爱尔兰作家奥斯卡·王尔德，对萧伯纳有一句极挖苦的话，是"以毒攻毒"的范例。他说："萧伯纳在世界上没有一个敌人，而他的朋友没有一个喜欢他。"

另有一位戏剧评论家也加入了讥讽萧伯纳的阵营："看罢萧伯纳的戏，我们才知道，为了他的序言，我们付出了多么沉重的代价。"

文人学人相轻互骂是很容易做到的事，几乎是不用苦学即能熟练掌握的本领，可是，辩论也罢，讥讽也罢，话要说得漂亮，说得有趣，说得有智慧，就不太容易了。我们也经常见周围的文人们争论问题，他们争着争着就开始人身攻击了。人身攻击多容易啊，可见越是容易做到的事越不好玩儿。

2005 年 9 月 14 日

史景迁的本事

史景迁的拿手好戏

　　"第六届深圳读书月藏书与阅读推荐书目"中的"哲学历史"部分，推荐了美国耶鲁大学教授史景迁的《追寻现代中国：1600—1912年的中国历史》。听说，读书月组委会早就打算邀请史景迁先生作为今年的读书论坛嘉宾来深圳演讲，后因史教授学术活动频密、难以安排时间才作罢。这当然是个遗憾，可是推荐书目里有他的书，嘉宾邀请视野里有他这个人，就够让我高兴的了。

　　国外研究中国历史的人，在我们这里名声最响的，要数美国的费正清了，他的专著和回忆录大都翻译了过来，他主编的那套《剑桥中国史》系列，更是历史爱好者的案头必备读物。和费正清相比，史景迁在我们这里的影响似乎是太小了。不过还好，自7年前中央编译出版社译介了他的《天安门》之后，总算又有一家出版社盯上了他，那就是上海远东出版社。2001年，远东出了他的代表作《中国皇帝：康熙自画像》（译文的质量另当别论），初版就印了5100册。或许是销售成绩不俗的缘故，到了2005年，远东乘胜追击，干脆将"远东海外中国学研究·史景迁系列"改成"美国史学大师史景迁中国研究系列"，一口气出了8种，读书月推荐的《追寻现代中国：1600—1912年的中国历史》即其中之一。出版社的编辑在《追寻现代中国》的前勒口上说得明白，作者以现代国家概念探索西方国家步入现代社会以后，中国何以长期徘徊在现代国家行列之外。"对历史的追寻远不是本书写作意义的全部，作者更为关注的是现代中国的解读"。如此我们也许可以希望，再过一段时间，远东能够出版1912年以后部分的简体字译本。

把史学著作写得文学趣味盎然，把枯燥的历史文献编排成既可读又易读的故事，把高高在上的皇上、宰相还原成可以和你一起呼吸一起苦笑的凡人，让名不见经传甚至连名字也没有的小人物承载一个时代、一段岁月，这是史景迁的拿手好戏。但是他可不像我们这里有些人那样的"戏说"，他也不一本正经的"正说"，他遵循自己的一套方法，在好读、有趣和精确、翔实之间寻找历史本来应该具有的魅力。"我一直自问，"史景迁说，"做研究，如何能够把'故事'讲得好，吸引人。"听说现在的"正说派"和"戏说派"正闹得不可开交，但问题始终是你如何把"正说"说得像"戏说"那样好看。所以我说史景迁对我们的史学界的影响还是太小了，这也是我看见简体字版史景迁著作就感到高兴的理由。

"明星学者"

著名学者和"明星学者"不是一回事，在某一学术小圈子里地位高尚大大有名，也可以是著名学者。"明星学者"

则一定频频出入耀眼的讲台或舞台，为公众所知所喜，大众传媒也乐于一边追捧一边制造话题。"明星学者"未必就是贬义词，只因为我们这里名实相符的"明星学者"太少，多的往往是既没有明星的魅力又没有学者的功力，或者又要冒学者的名誉又要沾明星的便宜，搞得两头不靠谱，白白坏了公众的胃口。

不管别人怎么看，我觉得史景迁正是一个称职的"明星学者"。我们不用那么八卦，非要从他的长相说起，可是他确实酷似英国影星肖恩·康纳利。甚至当面都有人问过他，他谎称是那影星的孪生兄弟，那人竟然就信了。我们也不用讲他的爱情故事，尽管他的爱情确实是有故事的。他的老师是澳洲史学家房兆楹，在老师的丧礼上，他认识了同是房教授学生的台南书香女子金安平，一见钟情。金安平前几天刚刚在台北说："人生真的是不可推算。"我们也不用说他的学术成就了吧，他写了十几种学术水准很高的专著，难得的是本本畅销，往往在畅销榜上一蹲就是好长时间，不仅在两岸，在美、英、俄、巴西及欧洲诸国都吸引无数读者，惹的正规学者羡慕不已，畅销作家嫉妒有加——这是大家都知道的事。不说这些那又说些什么呢？明星学者……对了，明星学者的另一个定义是"连明星都喜欢的学者"，这一点我可以马上为史景迁教授找到证据。台北的报纸说，他们那里的摇滚巨星伍佰就是史教授的铁杆粉丝。这个月的14日，史教授赴台访问，时报出版社专门安排伍佰和他见面。伍佰指着陈列在侧的史景迁著作说："这本我有，那本我有，你每本书我都有。"（呵呵，有点像摇滚歌词啊）他还送给史教授一张他自己新出的专辑。另一篇报道这样描述：

"真的吗？"历史学者史景迁用他的招牌口气，慢慢地、稳稳地问道："他真的有说喜欢读史景迁的书吗？"当他晓得台湾有位著名的摇滚歌手伍佰，多次表示喜欢他的作品时，纵使他不晓得伍佰是谁，仍难掩心中的兴奋说："太好了，我也要找他的唱片来听。"

说说"明星学者"的名字好了。大陆出的书都说"史景迁"是景仰司马迁的意思。这是只知其一，不知其二。这一次史教授在台北说，他的名字是他老师房兆楹取的，因为他的第一篇论文写的就是司马迁。房教授还认为这位学生的命里有"迁"的成分，祖籍英国到了美国又到澳洲，为了历史而四处迁徙。史景迁的英文名是 Jonathan D. Spence。

有点小错我们也忍了

史景迁 1963 年到了台中的雾峰，去当时的"故宫"看了康熙奏折，读了大量宫廷文献，对康熙此人大感兴趣。后来他细细揣摩康熙心理，探索他的思想变迁，体会他的情绪起伏，时时处处追求感同身受，最终选择以第一人称写康熙皇帝，书成之后一直备受称道，到现在他自己也认为是他最满意的作品。这本书繁体字版的书名译为《康熙：重构一位中国皇帝的内心世界》，简体字版译为《中国皇帝：康熙自画像》。

还不仅仅是书名的不同。中时"开卷"周报登载吴家恒的文章《汉学家的文笔，译者的难题》，就繁简两种版本的译笔做了一番比较。他认为史景迁著作中引用大量中文史料，译回中文时必须设法还原。他认为上海远东版"漏了这项功夫，硬翻的结果，就成了让人哭笑不得的悲喜剧了"。
他举的例子是此书开头一段，繁体字版译文是：

> 塞外极远之处，有白雁鲜为人知，霜未降始飞入内
> 地，边关守将视为霜降之兆。朕将之养于畅春园水塘
> 侧，任其饮啄自如。

简体版的译文是：

> 在遥远的北部荒疆，生活着一群野鸭，这群小有名
> 气的野鸭，在严冬来临中国之前，飞离北疆而抵达中
> 国。边境上的卫士常以它们作为严寒即将来临的标志。
> 我也曾抓到一些，把他们蓄养在畅春苑的水边，他们因
> 之可以自由自在地生活。

吴家恒对繁体版译文的评价是"好一派帝王气象"，对
简体版的评语很不客气，说是"味同嚼蜡"。我对译事一窍

不通，在此不敢置喙。我猜简体版译得过于忠实英文原文了，白话文的功夫太欠火候了，little known 译成"小有名气"而不是"鲜为人知"也许真的是错了。可是我也看不出繁体版那疙疙瘩瘩的"文言文"怎么就有了"帝王气象"，还有，最要命的，康熙在心里自己和自己说话时，也会称自己为"朕"吗？我倒宁愿相信杨照《中国心灵的转译家》一文的观点是妥当的:《康熙》用白话文翻译，可能会让人觉得时代错乱，可是用文言文或文白夹杂，用近似康熙自己使用的语言来翻，却又失落了史景迁原著最核心的精神。"把史景迁的康熙译回文言文，等于是又重新把康熙关回那个文言文系统所架构的牢笼里了"。

　　杨照认为史景迁的书也属于"不能翻译"的一类，文言也好白话也罢都不是译者的错。可是为了我这样的读者也能欣赏史景迁的史识、史情、史笔，译者有点小错我们也只能忍了。

2005 年 11 月 17 日

低头思故乡

孙殿起难回"纸上故乡"

思故乡常常是很尴尬的事情，你在外地愁肠百结饮故乡酒复吟思乡曲，故乡却未必思你。换句话说，出门在外的人都会思故乡，故乡思谁却是有选择的。因前几日读故乡人写的《老白干传奇》上了瘾，忽然想起一个人来，手头资料有限，于是托朋友找几本书寄给我。书来了，一本是《衡水地名志》，一本是《地名资料人物风物简编》。可是故乡人写故乡的书里却没有我要找的这个人的名字。当然，有很多名字，比如古今高官农民起义领袖和烈士。

我想查的是衡水冀州人士孙殿起（1894—1958）。他14岁辍学进北京，先后在琉璃厂宏京堂、鸿宝阁、会文斋书铺当学徒、店伙、司账 11 年，25 岁时与书友伦明合开通学斋古书铺，当了老板。他与古旧书籍打交道 40 多年，博闻强记，阅清人版刻无数，于著录源流有心，终成文献目录学重镇，由卖书郎一跃而为著述家，名动书林。最有名的当然是《贩书偶记》，此外还有《贩书偶记续编》《丛书目录拾遗》《琉璃厂小志》《北京风俗杂咏》《清代禁书知见录》等。他和郑振铎等名家的书香来往早成书林佳话。据说，有一段时间衡水人在琉璃厂古书铺十分活跃，以至有人以"衡水街"代称琉璃厂。多年前我即开始搜集资料，想一探衡水人在北京琉璃厂成行成市成名之奥秘，苦于资料尚缺，大事不成。我尤其想读到故乡人对孙殿起等人身世的发掘与故事的搜集，看样子也还得等下去。

其实，在文化界和古旧书行业，想着孙殿起的人很多。周岩在新书《我与中国书店》里有专文写孙殿起，所述掌故真可当"传奇"看。"1952 年 8 月的一天，"周岩写道，"孙殿起信步行至西晓市旧货市场，偶遇一人出售古书一堆，内有明末梅里朱一是所撰《为可堂初集》。该书极为罕见。但后经仔细翻阅，乃一残本，仅存卷八至五十四卷。前七卷缺失，败兴而归。"孙殿起不甘心，第二天早上再去，却发现一大怪事，昨天缺的前一至七卷出现了，昨天还有的八至五十四卷竟又没了。连忙打听仔细，那卖书的说，卖给同业周长春了。孙殿起即邀卖书人一同去找周长春。谁知书已经不在周长春手上。那原是周氏替一肉铺老板买的，人家这会儿用没用并不知晓。孙殿起忙又拉着周长春赶到宣武门外桥南一猪肉铺，发现那老板拆下末册书皮，正准备一张一张包猪肉也！真是书人苦心天不负，孙殿起从肉案上救下残书，《为可堂初集》终于全家团聚。

　　我找的就是这样的故事，可是故乡人写故乡的书里竟然没有。

2006 年 3 月 16 日

"雷梦水"还会有吗?

新书《旧时书坊》收了几篇写琉璃厂老辈书商雷梦水的文章,作者包括黄裳、姜德明、赵洛、鲍世远等。因雷梦水算是吾乡先贤,所以先挑了这几篇文章看了。我无缘结识雷先生,不过倒也能在这几篇文章中一遍遍注视老辈书贾的身影,体会那一代人爱书、懂书、经营书、写书、编书的风采,欣赏不经意间如清泉涌流而出的一则则书林掌故。赵洛说雷梦水"穿一套褪了色的蓝制服,布鞋,布帽,说一口衡水话,带着乡下的土气",我看了就会心一笑,衡水话确实有些土气。

姜德明和鲍士远的文章则别有另一番情怀。"琉璃厂书肆培育了这位有教养的读书人。"姜德明说，"数十寒暑，清贫如故，爱书的心却没有变。好容易晚年有了新居，也享受了专家的待遇，他却去了。他对得起读者，也对得起滚滚而来、又一本本从这里散出去的书。他为这古老的书坊留下些什么？以后人们还会记得他吗？"

应该会有人记得他的吧，起码爱书人会记得。相比之下，鲍世远文末提出的问题就不好回答。他问：凡是读过雷梦水著作的人，无不赞赏他版本知识的丰富广博，可是，"时代不同了，'雷梦水'还会有吗"？

难说会不会有，大概不会了吧。上个星期在北京，想去琉璃厂看看，即使找不到伦明、孙殿起、雷梦水时代琉璃厂的感觉，找找 20 年前的感觉也好，可是心里又矛盾，怕再次失望。最后经不起怀旧心理的诱惑，还是去了。可能是扬沙天气刚过的缘故，琉璃厂一片土气，比衡水话还土气。刚拐进街口，就有一拨又一拨的人追在你身后问话，口气很神秘，神秘到鬼鬼祟祟："要书画吗？要瓷器吗？刚从坟里挖出来的青瓷、名家书法，要谁的有谁的……"好不容易摆脱各路人马的"文物盯梢"，又给拉到路边一摊上，去看一叠书法条幅，启功的、欧阳中石的、刘柄森的，果然是要谁有谁，我不禁赞叹一句："学得真挺像。"然后赶紧逃到原来常去的那家中国书店。看中了玻璃柜里的两本书，一本20世纪50年代的《日本木刻选》，一本不知什么年代的《苏联小说插图》。标价一律500元。我问服务员："价格能谈吗？"尖刀一般的两个字朝我刺来："不能！"那声调真正是很洋气的京腔京韵。我早该知道这里已经听不到雷梦水那口土气的衡水话了。

2006年4月17日

孔才惊梦

最近这些年，读书添一"毛病"，或者"仪式"：元旦之日，挑一《红楼梦》版本，一年读书，遂始自一"梦"。2009年当然也不例外。今年选的是《瓜饭楼重校评批红楼梦》，读数回，即发现选错了版本。批语冗杂、规模庞大倒在其次，因书是精装，厚重无比，床上捧读，多有不便，几页过后，已目眩手酸，让人生出"书都读不动了"之叹。年年读红楼，最喜欢的是第二十三回"西厢记妙词通戏语，牡丹亭艳曲惊芳心"，每读至此，心驰神往，遥想当年大观园外卖"禁书"的书肆和园内宝黛读《西厢记》、听《牡丹亭》的情态，恨不能搜尽康雍乾年间印书贩书读书史料，为第十九回做一番文史互证的详注。年年也只是想想而已，自知功力不济，权当是因"梦"而来的"梦想"吧，尽管不能圆，总算每年还能重温一次。可惜今年读红楼连这个旧梦也未能遇上，书重、人乏，还没进大观园就转到另一处太虚幻境去了。

其实也不是"幻境"，"惊梦"另有缘故。

年初《中华读书报》刊载一文，记述"开国时的献宝热潮"，其中提到了贺孔才，说他是"开国献宝第一人"云云。文章说：贺孔才出身书香世家，自幼饱读古文国学，是传世古籍和文物的收藏家，青年时跟随齐白石研学治印……曾任过北平市政府秘书、北平市古物评鉴委员会委员、中国大学国学系副教授、河北省通志馆编纂、国史馆编纂。贺孔才抗战前曾参加过营救同学齐燕铭，1949年后倾向进步决心投身革命工作，以献宝国家表示抛下封建包袱告别过去，又改名谢泳穿上军装，47岁成为第四野战军南下工作团研究室的研究员，进入武汉参加接管了武汉大学。后来回北京，由齐燕铭介绍到文化部文物局担任了办公室主任。遗憾的是没有等到展示满腹的学问，就在 1951 年 12 月不堪冤屈而自溺身亡，40 年后才得平反。

上述所说种种大致不差，尤其能说准贺孔才自杀时间是"1951 年 12 月"已属不易。网上关于贺孔才的资料很少，但是自杀时间却众说纷纭，一会儿是"1950"，一会儿又是"1952"，甚至还有说是"1953"的。然而这篇文章也有错得离谱的地方，所谓"又改名谢泳穿上军装"，"谢泳"应为"贺泳"。厦门大学的谢泳教授读了这篇文章一定觉得莫名其妙。

还有，称贺孔才是"开国献宝第一人"也大成问题。中华人民共和国 1949 年 10 月 1 日成立，是日举行"开国大典"，贺孔才"献宝"的日期是 1949 年 3 月 25 日，同日，各界人士欢迎毛泽东等进驻北平。要再过半年多，"中央人民政府今天成立"的声音才会在天安门城楼响起，贺孔才怎么提前成了"开国献宝第一人"？

除此之外，文章中又多有语焉不详之处，比如：贺孔才的那一大堆"名头"，诸如"秘书""委员""教授""编纂"

之类究竟是怎么回事？他为什么会搭救齐燕铭？既然是齐燕铭安排他去文物局当了办公室主任，以当时齐的位高权重，怎么搭救不了贺孔才而让他"不堪冤屈"？又究竟是什么冤屈让贺孔才如此"不堪"竟至"自溺"？既是饱受冤屈又为什么没有在平反高峰年代（20世纪80年代）平反，而是过了40年，到了20世纪90年代才得以平反？

我并不是责怪那篇文章的作者语焉不详，因为文章自有体例，他不可能把什么事情都说清楚。而且，我相信，即使他想说清楚，也未必说得清楚。知道"贺孔才"这个名字的人本来就不多，把许多遮蔽已久的事说清楚又谈何容易。可是，看了这篇文章后，2009年我读书的方向就变了，因为我自认有这个责任，我必须把这些事情弄清楚。

我知道"贺孔才"这个名字，是在1999年。那年写《百年百词》，需在百年中每年挑一个我喜欢的词，演绎成一篇短文。写到1949年，我查到一篇资料，说1949年3月25日，毛泽东等自石家庄乘火车进京。北平各党各派及文化界民主人士1500余人于下午3时齐集北平西郊机场，列队欢迎。"其时春日明煦，和风荡漾，西郊机场四面人民解放军成队排列，坦克大炮行列整齐，无数大小红旗迎风招展，与太阳争光，欢迎人士无不欢声赞叹，人人笑容满面"。就在这一天，一个叫贺孔才的北平市民不在这个"人人笑容满面"的欢迎行列中，他带着家藏 200 多年的 10 万卷图书，去了北平图书馆，把这批无价之宝捐赠给国家。

我遂把这年的"代表词"定为"贺孔才"，然后查其前世今生。当时没有网络可以"摆渡"，连日翻书毫无进展，后偶然在郑伟章《文献家通考》书中发现"贺涛"词条。一读之下，惊喜莫名，原来贺孔才是贺涛的裔孙，原来贺涛和贺孔才虽祖籍河北武强，但多年移居郑家口，都算得上是河北故城人，原来他们都是世代相传的大藏书家。于我而言最重要的是，原来他们是我的乡先贤。我连忙在我后来写成的文字中感叹："故城人！竟然是我同乡。故乡有先贤，藏书卓然成家，吾辈竟一无所知，不该不该。……贺涛是个大藏书家，他的孙辈贺孔才把贺家藏书于 1949 年捐献给国家。如果结论真的是这样，我就感到太满意了。此事虽与我绝无

· 247 ·

干系，然而，它毕竟是我不经意间寻访到的故乡的书消息。"

我说"如果结论真的是这样"，是因为郑伟章在"通考"中也有"语焉不详"之处。他说他检读北京图书馆所藏《畿辅艺文》抄稿本8册及《叶遐庵先生年谱》，见书上均有"一九四九年武强贺孔才捐赠北平图书馆之图书"长方朱楷文木记。他说"该馆有此印记之书不知凡几"。他小心翼翼地说："贺孔才可能是贺涛的裔孙。"他这里一"可能"，我只好跟着"如果"。

从此我开始关注贺涛和贺孔才，但限于时间、地点和文献，时断时续，几无新获。有了网络后，郑伟章的"可能"才成了"定论"。网上资料虽不多，相互矛盾之初却又不少，令人怪异。马国权先生的《贺培新简述》算是较为权威的了，尤其记述贺孔才自杀一段文字，真掷地有声："新中国成立后，培新被聘任为中央文化部文物事业管理局办公室主任，方与重寄，展其所长，后政治风暴忽至，情绪不能支，遂萌轻生之念，遂卒团城，闻者莫不痛惜。"网上也能搜到侯一民先生的一篇文章，对贺孔才平反事记述甚详，所附孔才遗书3件，直让人捶胸顿足，仰天长叹。

　　网上关于贺孔才的材料少得可怜，这非网络之有错，实乃历史之无情。一个曾经文名动京华的桐城派古文家；一个书法、篆刻艺术独步一时的艺术家；一个将全部家藏捐出、连性命也都愿意捐献给新社会的"北平市民"；一个曾在1951年参加过国庆观礼文物局高层官员；一个"从军"期间还不忘调查龙门石窟现状的学者，就这样被遮蔽、被遗忘了。读了《中华读书报》那篇文章后，重生责无旁贷之感，我的2009就变成了"贺孔才年"。

　　这一年中，我读齐燕铭、王冶秋、齐白石等人的传记，读《马衡日记》和《齐白石手批师生印集》，读台北篆刻家王北岳（孔才弟子）的专著，读文史资料和北京朝阳区文化馆的内刊，大海捞针一般寻找贺孔才的痕迹。我读宋云彬、常任侠、郑振铎等人的日记和《北平地下党》等，试图让自己的目光回到那个年代并试图穿越尘埃。我在国家图书馆古籍分馆浏览了几册孔才先生的诗文集，心里说："先来报个到，握手言欢且待来日。"又在网上拍到民国刻本《贺先生文集》，以追寻贺家的一脉书香。我终于在北京找到了孔才先生的长子，又在上海和孔才先生的另一个儿子见了面……如今时值我的"贺孔才年"接近尾声，应知而未知的事情依然很多，而且，史海茫茫，秘府深深，我简直有些一筹莫展了。

这一场让贺孔才惊醒的"梦"，如何继续做下去？这是自问，也算求助，希望了解内情的朋友有教于我。

2009 年 12 月 19 日

用文字铺一条回家的路

一

上期"眉批一二三"中提到台湾"何妨一上楼"书店的女主人文自秀,有读者说对她的搜罗旧书很感兴趣,"不知她有什么诀窍没有"。碰巧"开卷"周刊上介绍她的那篇文章旁边,附上了她的"搜藏古旧书信条":

第一要自己打从心底喜欢。因为喜欢才会常去翻去读,书就不容易坏。而且就算买贵了,也不会太在意。第二,根据自身能力,量力而为,随遇而安,不要逞强逞能,以免"人买书"的趣味,反成"书买人"悲哀了。第三,品相尽量求全、求完整，不要有缺页污损，如此，留下阅读或脱手转让才更方便。第四，精研版本知识，多读、多看、多问。书海无涯，浊浪常起，谨防上当。第五才是书本价值，买到善本珍品，当然很高兴。

文自秀说她这五大信条按次序排列，越后面越不重要。我倒是觉得她"人买书"和"书买人"的说法最好玩儿，这也许是爱书人很难避开的一条路。起初是买有用的书，或为考试、或为求职、或为求知，此为"人买书"阶段。浸润书海日久，渐渐地讲究起版本、装帧或品相了，"书买人"的阶段就开始了。一旦走上这条路，书虫子们执迷不悟的日子多，迷途知返的时候少，文自秀的提醒管不管用已经难说得很。除非"进化"到第三阶段"人买书，书买人"，人书合一，管它谁买谁。

二

写文章也一样，旧时有"人磨墨，墨磨人"的说法，文自秀"人买书""书买人"之说或出于此。作家"磨墨"时间长了，也会"磨"出各自的信条。最近因写"村庄散文"惊动文坛的刘家科说，他写自己的村庄，"信条"有三：第一，写自己的生活：这生活是自己亲身经历的，原汁原味的，刻骨铭心、终生难忘的。"这种生活积累在我离开故乡后发生了质的变化，在我心灵深处不断地发酵、提纯、过滤，已经酿成了陈酒"。第二，抓住偶然出现的创作契机。这种契机的到来，不以人的主观愿望为转移，是可遇而不可求的。我随意记录生活时发现了生活的诗意，不为发表而写作时却遇到了发表这些作品的机会。第三，散文观的更新。"《文艺报》发表它们之后，得到了多方面的反响，报刊、读者、评论家的肯定，促进了我传统散文观的变化，此后，我才以一种新的写法有意识地创作"。

没有灵感，硬要写自己不熟悉的生活，那是"墨磨人"，相反就是"人磨墨"了。等到"有意识地创作"时间长了，刘家科也会分不清"墨"和"人"到底谁磨谁了。

三

差不多3年前，远在北方的刘家科给我寄来一本他的新书稿，说是要出版，让我帮着出出主意。我哪里有什么主意可出，倒是读他的文字读入了迷。我给他回了一封信，其中说道：

书稿通读一遍，感触甚多。先读《寻根龙须页面》《旋饼的传说》诸篇，方知儿时寻常之物自有来龙去脉，大有"原来如此"之感。再读"西行""东渡"诸篇，惊见风物之殊胜，观念之迥异。又读《砍草》《下湾》《打蛋儿》诸篇，勾起无限往事，竟致凌晨难寐。文中用词多运河西岸乡音家语，读来倍感亲切，恍如经时光隧道回故乡一游。集中文字毫无强说之愁，做作之态，勉强之姿，迎合之意，多的是无华心绪，有感情怀。此为散文一境，你已妙手得之……

那时候我觉得他书稿中写村庄风物的文字最有趣，借此我明白了冀中平原许多风土人情。当时我还很惊讶：他终日忙那些庙堂公文，常常要为宦海人事分心，哪来的时间和心情耕耘"自己的园地"？谁料想，两三年过去，这"园地"竟然又是一番旧貌换新颜。他的阅读目光从张爱玲和三毛的作品中转到了他已离开多年的村庄，他的散文心思牢牢地系在了小村庄周围的柳树、杨树和槐树上，他在回忆中再次听到大街上"刘杨氏"的骂街声和葬礼上"大丑媳妇"的哭丧声。他的笔墨跟着他一次次"回家"：去"二狗"家闹洞房、去大椿和小根家拜年、去张家场院爬麦秸垛、去武城大集买菜、去群众大会上"吹牛"、去村西水塘里"下湾"、去"王老头"地里偷瓜吃……就这样，他终于把他土土的村庄经由报纸杂志搬进了大雅之堂。

他用文字铺的这条"回家的路"，无光怪陆离之"坑"，无稀奇百怪之"洼"，走起来舒服得很。我何妨边开卷边上路，管他谁"磨"谁！

2003 年 5 月 16 日

附：给自己的村庄建造"博物馆"

刘家科？

是的，你可能还不熟悉这个名字。他是个公务员，也是个作家，但是他不是你熟悉的那类公务员，也不是你熟悉的那类作家。你熟悉以思想学问写作的作家，也知道靠名声资历写作的作家，也读过几个玩文字技巧成名的作家，甚至你也知道几个用身体写作的女作家，但是你不太熟悉刘家科。原因很简单，上面那几类作家，他都不是。

他是一个无法归类的作家。他的作品，也难以命名成哪一类。有人说他算是"平原作家群"中的一个，这不准确。靠生活地域描述作家的类别虽然容易，但没什么意义。有人说，他的散文是"农村散文"，这也不准确，因为说了等于没说，所有写农村的散文都是农村散文，但他的作品和别人的不一样。

他闯入文坛有些年头了，但是他突然成了"新人"。2002年起，他笔锋一转，写起了养育自己长大的村庄。他不像刘亮程，写"一个人的村庄"时，写的是村庄的诗意，村庄的哲学。刘家科把自己的村庄当成了"考古现场"，小心翼翼地"发掘"村庄里的人、事与景。那些人、那些事、那些景都是现代文明冲击下行将消失或正在远去的风景，比如"骂街""吹牛""出殡""闹洞房""下湾"等。他写这些的时候，尽管笔下也带感情，心中也有思考，但是相当节制抒情笔墨，甚至有意躲避理性思索。他更多的是记述、重现、复习和恢复原貌。这样一来，他就用笔墨纸张给自己的村庄建起了一个"博物馆"，里面盛满了"文字实物"。这让我们想起，他的写作其实更像许多地方为申报世界自然文化遗产而付出的努力。他把他的村庄当成了"自然文化遗产"，一个人默默地回忆着、记录着、描述着。这很让人意外和感动，尤其是在这样的时候——人们已经渐渐地把曾经熟悉的村庄忘得差不多了。

文坛终于还是发现了他。这两年，《人民文学》《中国作家》《散文选刊》《人民日报》《文学报》等媒体陆续发表了他的作品。本来中国作协今年5月份要为他和"平原作家群"专门开个研讨会，SARS 一来，会议推迟了。听说北京的《文艺报》下周会有一个"刘家科作品评论"专辑。这里我们不妨也听听评论家们的说法：

像这样纯正的国风散文、幽雅的乡土散文可以说是久违了……那种似淡而腴、若秃实俏的笔风似乎自老辈沈从文、孙犁谢幕后就很难看到了。（周月亮《乡愁式的敬礼》）

刘家科的散文在深思默想中蕴含着大平原的韵味……最大的特点就是冲淡、自然、含蓄，你感觉不到作者主观要告诉你的是什么，意义藏得很深。刘家科的散文写到境界里去了。（雷达《刘家科——永难磨灭的平原情结》）

刘家科的散文属于那种粗看容易忽略，但经别人提醒，"你再仔细看看"之后，越看越经得起看，越看越有看头的那种作品……那些特别让人心动的地方，是他对村庄事物的某些洞悉性文字，这些文字明白透彻，入

情入理，不故作深奥，又恰如其分，让人觉得是那么回事。(姚振函《悠长的乡村牧歌》)

我们之所以选刘家科做"封面专题"，就是因为一种感动。很长时间里，文学似乎把农村忘记了，我们感动还有人正在默默地为农村续一炉文学香火。我们的生活里时常闪动着怀旧情绪，其实都市人的怀旧走不多远就到了村庄。况且，SARS 正在向农村蔓延，我们在家读书之际，正该想想那正在远去的村庄风景，那里曾是许多人的故乡……

2003 年 5 月 16 日

故乡的文字游戏

用音同调不同的字连缀成文，是汉语独有的文字游戏，语言学家赵元任玩过两次，分别收在新旧版本的《大英百科全书》内，世人称绝。那篇"石室诗士"很有名，前人引过多次，杨联陞《哈佛遗墨》中引了一篇"几鸡集机记"，也很好玩，说的是："唧唧鸡，鸡唧唧！几鸡挤挤集机脊。机极疾，鸡极饥。鸡冀己技及击鲫……"初读让人头疼，读通了，就觉汉语的妙处实在有不可思议之处。

前几天读朋友寄来的《老白干传奇》，我发现这样的文字游戏我们故乡人早玩过了。话说衡水当年有十八酒坊，都烧得一壶醇香刚烈的老白干。其中一酒坊号天成，掌柜的叫白春。某日，一山东秀才进京路经衡水，进天成酒店小坐，见门外一群孩子玩耍，用一根燃着的香，去烫一只大斑鸠。那斑鸠哀鸣不绝，秀才听了不免感叹，顺口说出："鸠，究纠鸠，灸鸠久啾啾。"白掌柜一听这客官满嘴都是"酒"字，连忙说："客官莫急，酒有得是，管够。"秀才摇头道："你怎知我说的是酒？"白掌柜心想这秀才倒怪，你来这里不是要喝酒？你刚才不是说了九个"酒"字？那我也还你九个，于是说："是，是是是，是是是是是。"

那秀才来了精神，见柜台有文房四宝，过去把他刚才说的九个字写了出来，说："我何曾要过酒？这九个字你能对上来么？"那白春也不含糊，提笔就写："狮，适侍狮，示狮使世世。"

秀才心里一惊，想着滏阳河畔一小酒馆儿竟然也有高人，于是起了争强好胜之心。恰巧见店家娘子抱着一捆韭菜进来，又想到今日恰是九九重阳，便提笔在自己的九个字后面接添七字："九九揪韭就旧酒。"心里得意，掷笔暗想：看你还如何对。

白掌柜微微一笑，赞了一省"好"，说："有酒岂能无诗？"遂秉笔疾书："时时视势释识诗。"

秀才一看，嘴里连称"佩服"，心里犹自不服：我这上联乃是取眼前之物，算是有个出处，你这衡水城中哪来的狮子？牵强附会。酒后离店，步上老桥，见那桥两边的石栏杆头上雕着无数大大小小的狮子，个个栩栩如生，不由得大惊大悟，连忙返回酒店，对着白掌柜长躬大揖，恳请赐教。两人诗天酒地，连谈三日，感叹平生得遇一知己足矣。

《老白干传奇》的作者是严树清，现供职衡水一家公司，文笔着实了得。厚厚一大本"传奇"读完，仿佛神游故乡，痛饮陈年佳酿。老白干当年靠清冽的滏阳河水酿成，可惜今日这条"酒河"早成"污渠"了。倘那秀才起死回生，定会"呜吾污侮"一场。叹叹。

2006 年 3 月 14 日

衡水雷梦水的深圳徒弟

旧时北京琉璃厂曾经有过一个别名，叫"衡水街"，因为那条街上经营文玩古籍的衡水籍人士有不少，他们大都由学徒成长为老板或者专家，名头最响的，当属写《贩书偶记》的孙殿起，还有他的外甥雷梦水。20世纪80年代初我供职《衡水日报》时，有人在报上发表过考证"衡水街"来历的文章，我读了，很为有这样的乡先贤感到高兴。那时孙殿起早已不在人世，雷梦水先生健在，正写他的《古书经眼录》和《书林琐记》。当时我就想收集资料，写写那些盐碱地上的衡水人何以最终在琉璃厂站稳了脚跟，可惜20年过去，此愿依然未了。

前几天我们制作"潜藏在深圳的藏书家"特辑，派记者去采访深圳头号收藏大家刘申宁教授。读了采访稿，我才知道，刘申宁搞古籍收藏，竟是雷梦水先生领他入门的。刘申宁是"文革"后恢复高考的第一批大学生，带着工资上学，每月有70多元学费。他喜欢古玩，常去琉璃厂转转，苦于无从下手。通学斋的雷梦水见他真想入行，对他说："买点线装书吧，有收藏价值。"遂指点他花85元买下一册。从此刘申宁踏入古籍收藏，战绩不俗，十余种明善本尽入囊中。他竟然还藏有一册宋版大藏经，自称是"镇殿之宝"。记者写道："现在的宋版书能看到的大多是微缩照片，而刘申宁这本宋版书却品相完好，可以随时捧翻，书迷讲究的眼福和手福可以一起饱享。"手上有这样的宝贝，10年前去世的雷梦水先生知道了也会高兴。

深圳竟然潜藏着不少的收藏家。外地人对此所知甚少，同城人也不甚了了。深圳年轻，移民来聚，"过客"心态未绝，市民社会初成。他们都知道自己从何处迁来，却未必说得清最终会终老何方。"家园感"一直是这个城市努力积聚的稀缺资源，但也正是各路收藏家生存必需的心灵依托。所以，携藏品南下的收藏家，或在此踏上收藏不归路的人，他们选择在深圳安营扎寨，会让这座城市多一点分量，多几分安稳，多几样从容。

我认识刘申宁快10年了，知道他长于李鸿章研究，正在主编规模空前的《李鸿章全集》，也多少知道他搞收藏。几个月前去他家探宝，我目瞪口呆，一时连赞叹的话也说不出，直骂他"把这么多好东西藏在自己家里太不像话，太不像话了"。那不是家，那是一座小型博物馆，古籍、档案、玉器、瓷器、青铜器、书画纷人然杂陈。他手上有1500张明清以来的土地契约，是中国个人收藏数量最多的。他藏有上千幅1949年以前的小比例地图，其中不乏难得一见的珍品。千余册宋明清版古籍就不用说了，他还花100多万元从北京"破烂王"手里抢回一批20世纪50年代的档案，有100多位"干部"的档案卷宗，有一个人1949年前后的完整日记，还有国家轻工、纺织部门多年的详尽外贸资料。一位学者到他家看了看，说："刘申宁啊，你不用出门，在家里就可以带出三四个领域的博士了。"

当年他初闯深圳，几无落脚之地，和他的藏品在一间车库里盘旋有年，至今说起来，犹感叹不已。

2004 年 11 月 9 日

深圳书事四桩

突然想起一个人

我抱着一堆书去收银台交款。他走了过来,看了看我挑的书,又看了看我,没说话。

等到下一个星期天,我再去那家书店——深圳古籍书店,又碰见了他,那位老先生。他有点胖,个子不高,头发灰白,60岁左右的样子。

他朝我笑了笑。我说:"你好。"他点点头,说:"又见面了。"

我听出了他的口音,问:"你是山东的?"

"济南。"

我们就这样聊了起来。

这几天，我突然想起了这位老先生。很多熟悉的人，我们自以为记得他们，其实都忘了，反而是只打过几次交道的人，印象倒深刻，也常常会不经意地就想起来。他的名字我偏偏想不起来了，这是很遗憾的。

老先生是位藏书家。他没说他是藏书家，可是那天我们聊的时候，他说他有 3 万多册书，还有很多全套的 1949 年以前的杂志。他每个星期天都到深圳古籍书店来转一圈。

他说："买到买不到书没关系，就是喜欢来转转。要不星期天干什么去呢？"

我看了他递给我的名片，知道他是山东一家驻深企业的总经理。

我说："你的书都在深圳吗？可不可以去看看你的书房？"

他说："书都在济南，深圳的房子怎么放得下？哪天你去我那儿，我们聊聊。"

我真的去了。看了他大大的办公室；看了他一柜柜的新书旧籍；看了他正在主持修建的一座大厦。"两年后你来，我住的地方会比现在大得多，我也会把济南的书运来一部分。身边得有点书，不然心里不踏实。"

后来我们又在古籍书店碰过几次面，打个招呼，问候几句，就各自看书。

如今我常常经过当年他说的那座大厦。大厦早就投入使用了，可是五六年过去了，我也不知道他还在不在那座大厦里。自从有了新的书城，深圳古籍书店就消失了，他也随之消失了，在新的书城我一次也没碰见过他。

如果再见了面，我想我会对老先生说："新城市其实是应该有一家古籍书店的，那样的书店是喧嚣城市里一个安静的角落。"新的书城是一道河流，人们急急赶来，又匆匆而去，互相没有说话的空间，也没有认识的欲望。而旧书店是一片湖泊，或一方池塘，老朋友在这里重逢，新朋友在这里相识。买旧书的人，就像是一群湖边钓鱼的人，他们需要一个安静和从容的地方把心轻松下来，然后垂钓……

那他可能会问："好好的一间古籍书店为什么要停掉呢?

星期天我这样的人去哪里玩呢？"

我会说："我得再去给书城老总陈锦涛他们谈谈，请他们喝顿酒也行，难道深圳之大就容不下一间小小的古籍书店吗？躲在书城三楼一角那些古籍都成什么了？成了摆设！深圳应该给您这样的人一个踏雪寻梅的地方，不然很多老朋友就永远见不着面了。"

看不见的书页

旧书比新书好玩，正仿佛老朋友比新相识可靠。虽然都是纸上写着文字，印着图画，旧书却比新书多了很多记忆，我称它们是"看不见的书页"。这些书页里，记载着当年拥有这本书的人的心情，记录着自己巧遇这些书的故事，写着一些生活的烟尘，情感的风沙。

这一会儿，我拿出了在深圳买的几本旧书。一本是《红楼梦的两个世界》，余英时著，台湾联经出版公司1978年初版，1987年第3次印行。这本书去年才有了简体字版。

另一本旧书，是中英日文对照本《国学概论》，章太炎口述，曹聚仁笔录，武田熙日译，香港南天书业公司1971年6月初版，深蓝色硬精装，带浅蓝色护封，书纸已经发黄。

还有一本，是中英文对照本《戴震原善研究》，成中英编译，为美国东方研究所发行的"东方丛书"之一，1969年香港初版，暗红色硬精装，带红白两色护封，限量印刷500册，我这一本的编号是197。

这几本旧书都算不上什么了不起的版本，但却是我在深圳买到的第一批港台版旧书，所以我对它们的感情与其他的旧书有所不同。买的时候，价格便宜得难以想象：一块钱一本。

在哪儿买的呢？是什么样的机会碰巧让我赶上了？我一边想，一边翻书。在某一本的版权页上，加盖了一方小小的印章，印文是"深圳书市"。

哦，深圳书市。真是一个很陌生的名词了。

我于是记起，20世纪90年代初我刚来深圳那会儿，深圳是经常有书市的，每年总会有一两次吧，况且还有"荔枝节"书市之类。在北京上学时，我常常起早贪黑地去逛书市，骑着自行车满北京乱跑。我去过劳动人民文化宫的社科书市，去过首都体育馆的特价书市，也去过国际展览馆的国际书市。每个书市上总能买到一些很便宜的特价书，满载而归是经常的事。有北京逛书市的经验，一听到深圳要搞个什么书市，心情照例激动，常常前一天晚上失眠以待，第二天一大早我就去冲锋陷阵。不过，深圳的书市有些令人失望：规模小，书的品种少，旧书不多，打的折头也不高。和北京书市的相同之处，是人潮一样的汹涌，本该悠闲的精神生活一样要变成满头大汗的体力劳动。忘了是哪一年了，在深圳图书馆举行的一个书市上，我见到了一个旧书摊子，好像是图书馆处理馆藏旧书，我买到了上面提到的那几本书。

现在深圳没什么书市了，这应该说是一个进步，深圳书城天天都是书市，也就用不着另起炉灶搞什么"集中促销"了。可是，在旧书上看见"深圳书市"四个字，我依然怀念有书市的日子，想念一起闯过书市的人，留恋在草地上守着一堆"战利品"啃面包的事。这些怀念成了一个个涂改不掉的章节，记录在"看不见的书页"里。

谁家旧物

我一直想弄清楚一件事，一直想找到一个人。这件事和这个人我琢磨了很长时间，至今没有眉目。

几年前，深圳图书馆对面有个"黄金屋"书店，卖一些港台版的旧书，也卖简体字版的特价书，价格都不便宜。深圳卖旧书的地方原本就少，有这么一家书店安安静静地躲在二楼上，维持着清清淡淡的生意，已经相当难得。可惜如今已经倒闭了，"黄金屋"看样子并未给主人带来足够的资金。为了这个名称，我还挑起过一场小小的"笔墨官司"，现在人去楼空，想想有些惆怅。

该是一个夏天吧，我去"黄金屋"。在玻璃橱窗流连之际，发现一套8开本上下两册的《伟大的艺术传统图录》，郑振铎编，中国古典艺术出版社出版。外有纸版函套，书是深蓝布面精装，另加牛皮纸护封。珂罗版印刷，重磅道林纸精印。初看上去，肯定是 20 世纪 50 年代的出版物，但是很奇怪，没有版权页，也没有任何被收藏过的痕迹。标价是 300 元还是 400 元，忘了。

买旧书的乐趣之一，是弄清楚谁曾经拥有过这本书。如果有藏书印记，你会知道书主人的姓氏、书斋名号或藏书趣味；如果有题跋，你会知道与这本书有关的书、人、故事；如果书主人恰巧是位名流，你大可以感叹"此为某某旧物"了，你甚至可能因此钩沉出一段书籍聚散的历史。这当然都是些与 MBA 或 WTO 无关的小趣味，难免遭"小资"或"波波"*们的讥笑，然而对我而言，这却算得上是很要紧的正经事。

没有版权页的书，没有别人收藏痕迹的旧书，却又印制得如此精美，不由我不生出好奇之心。我于是叫过服务员

---

* 编注："波波"，即 BoBo 族，意为"布尔乔亚 – 波希米亚人"（Bourgeois-Bohemian），是 20 世纪 70 年代的嬉皮和 80 年代的雅皮的综合版。既有资产阶级的物质享受，又融合了艺术家的冒险与反叛精神。

来，打听一番。服务员说，这是深圳的一位老先生将书送这儿寄卖的，价格也是他定的，说好的"不二价"。"这老先生常来，听他说还有一些书想卖的。"服务员说。

我想了想，说："这套书我要了。我留个电话，老先生再来的时候，通知我一声。"

回到书房，我开始查这套书的"户口"，最终是一团迷雾。1952年，郑振铎主编的这套图录分十二辑由上海出版公司出版，是那个年代的图书精品。出版前先面向单位和个人征订，市面上很少见。那么，中国古典艺术出版社又是什么时间出了合订本呢？查不到。郑振铎的传记和书录中从没提到过这个版本的《伟大的艺术传统图录》。也许中国古典艺术出版社和人民美术出版社有点关系吧，一查，果然，人民美术出版社20世纪50年代的重点图书中有《伟大的艺术传统图录》字样。但既然是书出"名门"，为什么又没有版权页呢？哪一年初版的？印了多少？这都是谜。

由此我更希望找到那位老人，问问这本书究竟是何来历，谁家旧物。可是，一直没有"老人出现"的消息。有机会我也去书店问问，答复都是"最近没来"。书店中早没有了"黄金屋"，我这里只能空对着这套堪称神品的"颜如玉"发呆了。

新城市里的"老版本"

我和他只打过一个照面，说了没几句话。他长什么样我忘了，说话的声音也全无记忆。可是，我敢断定，他正在做着一件有意思的事。他有可能成功，也有可能失败，这全靠他自己的造化、本事和眼光。我想打一个赌，赌他输或赌他赢，不过考虑到他无论输赢对我都没什么好处，也就没了赌的兴趣。

我说的是一位旧书商。我没问过他叫什么，他更不知道我是谁，可是我觉得他在深圳的出现是件有意思的事。

上海的陈子善先生来了深圳，我陪他去一家书店逛逛，好消磨掉计划外的一个多小时。子善兄对我说这里的旧书摊有点好东西，就是价格贵得离谱。我说这里哪里有什么旧书摊，你的近视眼镜是不是丢了？他说那不就在那边，你这家伙怎么搞的？

果然有一个旧书摊，这让我大大地吃了一大惊。不是吃惊旧书摊的出现，而是吃惊旧书摊出现了我怎么会不知道。我六步化作八步赶过去，故作镇静地看了看玻璃柜里陈列的书，又看了看书架上的书。差不多都是民国版本，即所谓"老版本"。胡适的、鲁迅的、阿英的、契诃夫的，等。是那种封面；是那种颜色；是那种味道；是那种古古旧旧、破破烂烂的样子。

我有点愤怒了。价格确实贵得离谱。一套版本不怎么样的四册《胡适文存》竟然标价4000元！卞之琳译的《维多利亚女王传》，薄薄的小册子，竟然要卖200元。简直欺人太甚。子善兄说书品比这里还好的《胡适文存》上海不过700元或800元。不过旧书就是这样，人家可以标价，你也可以谈价，觉得不合适不买就是了。

我就找老板谈价。服务员说老板去北京进书了，老板很少在摊上守着，他要到处跑，去进书。

过了一段时间，我又去了。老板正好在。我说你这书的价格比北京贵 3 倍。他笑了笑，继续整理新到的书。我问价格可不可以谈，他说现在老版本书收藏正在升温，有些书，收的时候价格就很贵了。他说玻璃柜里的书，标的价格是贵了点，因为本来没怎么打算卖，是摆在那里做广告的，好让顾客知道我这里有好东西。

　　这不能说没道理，很多旧书店都这么干。看来老板是懂行的。我终究没在那里买什么书，价格确实不合适。但是我想：旧书商终于开始闯深圳了，"老版本"书竟然以收藏者为对象来深圳寻找买主了，这是件有意思的事。这样的旧书商不同于新书店附带卖特价书的老板。这些人是到处去收"老版本"，然后运到深圳谋求好价钱。这是真正意义上的旧书商。这是有时候比新书店老板更可气、可恨的人。深圳有多少这样的人呢？我不知道。我只知道，深圳早就到了容纳一点"旧东西"的时候了。

2003 年 1 月 19 日

写给"潜藏在深圳的藏书家特辑"

让我们看见那些"看不见"的

从我们办公室望出去，可以一览暮色中的深圳中心区。那里有即将建成的图书馆和中心书城，过不了多久，中心区堂皇的广场和高楼间，会因此流溢出一缕缕书香吧。还有已经投入使用的电视中心，听说，"第五届深圳读书月"的启动仪式会在那里举行，到时候会上演许多与读书有关的好戏。这一切，都是我们看得见的。

那么，有什么是我们看不见的？有什么是潜藏在人海深处而不为我们所知的？比如，每年都有机构会评出"十大藏书家"或"十大书香家庭"之类，他们的荣耀和风光我们看得见。可是，还有一些藏书家，那些可以称之为"书虫""书痴"的人，他们可是不愿意人们进入他们的书房、参观他们的宝贝的，他们更是不愿意以"藏书家"的头衔出头露面。这些人只在一个小圈子里活跃，不愿意进入公众视野。

我们能不能让人"看见"他们呢？

我倒是和他们很熟。因为兴趣的缘故，我们常常见面。有些是老相识，有些却另有来历，充满网络时代特色。我先从一个书话网站上知道他们的 ID，再在饭桌上搞清楚了每个人的身份——公务员、警察、公司老总、打工者。他们的同事都未必知道这些人的家里竟然是万卷如海的，我却知道他们每个人爱书的痴迷、藏书的特色、搜书的故事和珍之藏之的"宝贝"。

藏书家的"病"是怎么得上的

藏书家的成长历程大致是这样的:

起先,他们喜欢读书,而且大都是喜欢读闲书,课本教材、复习资料、升学指导之类是不算的。越读越爱读,渐渐发现仅仅阅读是不够的,还要自己拥有,别人有的书自己没有,心里总是难受,光靠借书怎么能够过瘾啊,去"偷"吧,又不怎么敢,于是就买书。

越买越多,越买越精,开始发现买书可是门学问,哪里是到了书店转上一圈,抽出几本扭头就走那么简单啊。同是一种古籍,中华书局版和上海古籍版有什么异同?同是一本世界名著,译林版和漓江版翻译得怎么味道不一样?同是唐德刚的历史著作,湖南岳麓版和台北远流版内容差很多啊。同是周作人的文集,20世纪30年代的本子和80年代的本子拿在手里感觉就是不同。这就坏了,他们开始讲究版本了。

慢慢地,他们竟然开始喜欢一个人或少数几个人的著作，见了就买，不管内容重复不重复，不管中文还是外文，不管看懂看不懂，只要这一本和那一本不一样，作者又是那个人，就买。或者兴趣渐渐集中到了一个专题上，比如"红色经典"；比如"情色文学"；比如"张爱玲与胡兰成"；比如"老照片老插图"；比如"与书有关的书"，反正定下一个专题，上穷碧落下黄泉，妄想着把世界上关于这一专题的书都一网打尽。又或者，他们从喜欢书的内容，转到喜欢书的装帧上去了，书在他们眼中才不是什么"书山有路勤为径"，而成了"书山有路美为上"。他们开始讲究书的木刻插图、封面是谁的设计、文字的排列、印刷的技艺、装订的形式、采用的纸张、精装封面的用料，等等。他们深一脚、浅一脚地逛书店，大包小包地往家运书。买书不再以自己是否阅读为标准，而变成了自己是否喜欢、是否适合和家里书架上的早到者团聚。就是这样，他们抛弃了许多作家，只留自己喜欢的。他们不理会"学海无涯"，就认准了一块"自留地"。他们对书的"文学求欢"渐渐变成了"美学审判"，天哪，他们越来越像个藏书家了。

其实，这个时候他们想回头还是来得及的。如果生活激情突然消失，"回头是岸"还是有可能的。可是，他们中的大多数"高烧"依旧，执迷不悟，朋友的嘲笑、老婆的漫骂无法不入耳，但坚决不入心。唉，这样下去，前面的路越发难了，父母、老婆面前撒谎复挨骂的事就是家常便饭了。这也就罢了，他们不知不觉又多了一些"怪毛病"：喜欢旧书不喜欢新书；喜欢初版不喜欢重版；喜欢精装不喜欢平装；喜欢手工铅印不喜欢电脑照排；喜欢作者签名不喜欢别人乱划；喜欢未切割的"毛边"不喜欢整整齐齐的"砖头"。良药美言都失效，"病"眼看着越来越重了，竟然开始向往宋明精刻了，开始梦想着珍本、善本了，开始打听旧书店的拍卖消息了，开始变卖喜欢的书去换回自己更喜欢的书了，开始辨认藏书印章讲究流传有序了，开始背书目、熟掌故、读题跋、访名家、研书史、论印刷、看纸色、对书影、讲字体、嗅油墨、查版本、数行格、猜年代、论价格了，捎带着连版权票、藏书票、信札、手稿、雕版、诗笺、印谱都闹着要收要买了。正常人拿他们又有什么办法？他们成了藏书家嘛！

我们为什么需要藏书家

我们多么不理解藏书家啊。

我们竟然以为谁家书多谁就是藏书家，如此，开辆车到书城狂购一番不就马上变成"藏书家"了？

我们竟然杞人忧天地问藏书家"你的这些书你都能看完吗？"岂不知他最怕你问这个问题，最不屑回答的也是这个问题。当然，心情好的时候他会说："你用你家的官窑盘子吃捞面吗？你用你家的大龙邮票给我寄封信行吗？"心情不好的时候，他就不客气了："我家的书我就是不读，一本也不读，我是白痴。"

我们竟然还敢张口要借藏书家的书。他嘴上不说，心里可是怒火中烧啊。他心里说："我对书视作贤妻娇妾美情人，怎么着，你却视她为荡妇，想借就借啊。"

我们真的要理解藏书家。按本雅明的说法，他们保存的是记忆，守望的是遥远的过去，在这一点上，他们是"老者"。同时，一本旧书在他们手上呱然新生，一段岁月在他们的书房里翩然复活,他们又是"孩童"。按我的说法,他们"万卷如海一身藏",藏书实为"藏己",形同"藏梦",用黄卷隔离红尘,用书墙阻隔人潮,他们是就地出家的"和尚"。他们书情难断,书缘未了,不想身后"后宫佳丽"流散何方,只顾眼前身陷书城"南面称王",他们又是六根未净的"俗客"。

这座城市是需要一批藏书家的。深圳年轻,移民来聚,"过客"心态未绝,市民社会初成,多一点儿藏书家,或者再说宽点儿,多诞生一些收藏家,会让这座城市多一点儿分量,多几分安稳,多几样从容。

2004 年 11 月 4 日

为什么总是波普尔?

大陆首次公开译介波普尔的著作,应该是在 20 世纪的 70 年代末 80 年代初。那时候的研究者,想用波普尔的科学哲学把中国的科学从无所不在的政治羽翼中解救出来,从天网恢恢般的意识形态的包裹中撕裂出来,还科学一个"清白身"。用当时一位学者的话说就是:"在新时代的黎明中,波普尔的科学哲学有力地启示我们把目光收缩到科学的本体……"我就是在那个时候知道了波普尔,知道了证实之外还有"证伪"。当时在北京社科院读研究生的朋友暑假带回一本书,名字似乎是《科学哲学论集》。朋友特别指出其中几篇波普尔的文章,让我好好看。我照顾朋友的面子,硬着头皮看了。可我那时对科学和哲学都不懂，何况二者又纠缠到了一起，这太为难我了。

到了 20 世纪 80 年代末，我要去北京上学，临行前去一个画家的家里告别。他推荐了一本贡布里希的《艺术发展史》（原名《艺术的故事》，去年三联重印时恢复了原名），还给我介绍了译者范景中如何如何厉害。我带着这本书去了北京，又从学校图书馆借到其他几本范景中译的贡布里希的书，昏天黑地迷了一阵。读着读着，波普尔又出现了。原来贡布里希和波普尔是好朋友，贡布里希在很多论文中都表达过他对波普尔思想的偏爱，而且经常创造性地使用波普尔的方法论。就这样，波普尔再次进入我的阅读视野。星期天骑单车满北京城跑书店搜购贡布里希和波普尔的书，成了我的一大乐趣。

我买书的兴趣一向大于读书的毅力，十几年下来，我几乎把贡布里希和波普尔著作的中译本都买齐了，还买到英文原版的《艺术的故事》和台湾版的《开放社会及其敌人》，但是从没有系统地读一遍。其中一个原因是我的工作总是变化，读书的方向也不得不随之变化。这很让人痛苦。前不久我竟然需要读一点经济学的书了，这在以前我的读书生活中是不可想象的怪事。我开始读新制度经济学，从张五常开始，准备读佛里德曼、科斯、哈耶克。意想不到的是，波普尔的名字再次在大师们的经济学著作中出现。那一刻我有点恍惚，感觉波普尔像一道闪电，突然照亮了一条近 20 年间我没怎么看清楚、想明白的思想之路。

我开始考虑另外一些问题：当我需要读一些书的时候，为什么总是出现波普尔？他的名字，为什么能向一个不散的幽灵一般，在中国的思想天空中久久俯视着我们？先是科学，然后是艺术，之后是经济，我们都已经经过波普尔的洗礼了，那接下来的领域该是哪一个？

我现在无法回答这些问题。我想到的只是，首先有了"问题"，我们才有了对波普尔的需求，于是就有了译介与阅读。20 年间波普尔的名字一再重现，正意味着解决"问题"的需求依然存在而且炽热。换句话说，"问题"没有解决，依然存在。我们从不同领域面对波普尔，其实面对的是同一个"问题"。

　　至于我的问题，我想，我得养足精神，好好地读一读波普尔了。

2001 年 7 月 24 日

历史的面孔常常模糊

是两年前的事了。我在 20 世纪的百年间每年选一个词，写了一百篇千字小文，我还在我的藏书中选了一百幅图，给每个词配上一袭并不华美的视觉衣裳。这本书前些时候印了出来，这一会儿就在我手边。可是我该怎么说它呢？装帧设计上看得出编辑用了一点功夫，但封面、封底太花哨了，正文用纸太薄了，图文关系太杂乱无章了。残垣断壁间的怅然回望于是成了灯红酒绿中的绮思媚眼，图文互动在书页的翻动中一再变成图文互透，本该脉脉含情的执子之手简直乱成了随时随地的大胆偷情。我都不好意思送给朋友"雅正"或者"一哂"了。

我不敢说我的文字多好，只是自问还用了不少心思。我其实更在乎我选的那些图，希望它们能成为书中文字的视觉重现、视觉印证或视觉延伸，文字因此也能获得更多的信息含量、更深的信息背景和更广的信息空间。以带"9"的年份为例：1909年，我写《"修容"》，选的是一幅吴友如画的晚清妇女"开面"图；1919年，我没写"五四"，写了"梅剧团"，图片是梅兰芳早期舞台上轻曼的舞姿；1929年，我写的是土匪烧掠海源阁藏书楼，配了12款海源阁的藏书印；1949年，"国庆"是大词，轮不到我写，我就写了与我同乡的藏书家贺孔才向"北平图书馆"献书的事，选的图是老北京的露天古旧书摊，那是以后再也难以见到的风景了；1969年，我写的词是"忆苦饭"，图片是一个老贫农提着破破的竹篮给一帮满脸严肃的孩子上忆苦思甜课，而我仿佛从那些孩子们愤怒的眼神中发现了我童年的影子；1979年的图片是春光里男女大学生在垂柳掩映的栏杆上读书的画面；1989年的图，我选了黄佳绘的现代油画，一个光头男人斜坐在椅子上，迷茫的眼睛大得出奇，画的名字叫《等待发型》；1999年的图片拍的是香港街头人如潮水喜迎新千年的场景，可惜图片拍得太差了，完全没有专业水准，只是我不忍心指责拍摄的人，原因很简单：那是我自己拍的。

小说应该有插图，但你很难配什么摄影图片，曾经哄传一时的摄影小说因此成不了气候。历史类的书，艺术类的书，没有图片就是一个缺陷了。文字固然可以传情达意，说理叙事，但一图胜千言的机会还是不少。就是在今天的现实中，人们也早已习惯了从图像中发现真实，没有视觉证明的文字总难给人深刻印象。电视电影于是日益凌驾于文字媒介之上，连报纸这一传统的文字媒介也都演变成了视觉媒介，图片越来越多，越来越大，图表图解图示也在ABCD叠的版面上随处可见，平面设计师代替划版工成了视觉编辑的主角。伊朗导演穆森·马克马巴夫甚至认为，外界对阿富汗平民惨剧缺乏同情，其冷漠的原因大概是由于这个国家没有影像，居半数的阿富汗的妇女常年蒙面。"一个国家竟然有一半人不见天日，何来面孔！哪有影像可言。"他发在《信报》上的文章还说，阿富汗没有电视，报纸只有几份，内容只有文字，没有图片。画像和摄影被禁止，也没有电影院。他那篇文章的题目就叫作《没有面孔的国度》。

阿富汗现在渐渐有了面孔，不少重返家园的平民百姓也能在电视上看到女主持人忽闪着美丽的眼睛播报新闻了，世界各地的观众这些天不仅看到了烟火纷飞的轰炸场面，也能看到喀布尔动物园里饿了几年肚子的苍老狮子。我就不再计较我的书中百幅图片是否清楚了。

清人张潮《幽梦影》论藏书与读书，说"藏书不难，能看为难；看书不难，能读为难；读书不难，能用为难；用书不难，能记为难"。董桥在这五个境界之外，又加上一个："记书不难，能想为难。"我也可以再加一个："能想不难，不想为难。"历史常常模糊不清，百年百词不过尔尔。藏书读书用书记书想书都难，多几幅图片也未必容易。我的书毕竟还有面孔，那就一边"忆苦思甜"，一边"等待发型"吧。

2001 年 11 月 21 日

惊喜中想起法拉奇

一

　　她来中国采访邓小平时我还不知道她。我是经朋友介绍才迷上她的。先是读她的小说《人》，那真是一部惊心动魄的书。她去采访他，然后爱上了他，然后一起生活了三年，然后他死了，死于一起可疑的车祸。小说中有激情，有愤怒，有太多的文学技巧。最重要的，有大量的事实，是可以称为自传的小说。是一个男人和女人的故事，一个希腊抵抗英雄和她——著名女记者法拉奇的故事。后来，读法拉奇的《风云人物采访记》，听她跟一个个政界人物对话，不，是吵架。那时我才知道还有这样进攻型的记者，还有这样的录音采访，还有这样整理出来后不删不减也不让采访对象审稿的对话。再后来，我想学她，买了录音机，想搞一个《新闻学者访谈录》。第一个采访的是我们学院的老教授，谈的是曾任《人民日报》社长的范长江。都说范长江是投井自杀的，教授说其实还有一个说法：范长江可能是被人推下井的。我根据录音整理成文，送给一家杂志的主编。主编说："范长江的死已有定论。这个不能发。"

二

　　看了李泽厚、陈明2001对谈录《浮生论学》，我鬼使神差地想起了当年学法拉奇的事。出师未捷"稿"先死，感叹一番生不逢时之后，就把录音机扔在抽屉里，所有与法拉奇有关的念头渐渐放下了，从此深知法拉奇之难学与不能学、不可学。不过，偶然也想重操故技。20世纪90年代中期我去上海采访王元化先生，听他谈了两个小时，把我事先准备的问题全"谈掉"了（陈明曾对李泽厚说："我们把剩下的问题全谈掉。"李泽厚大觉陈明用词新鲜）。我录了音，但没有整理。领我去的一位长者说你整理出来后一定要经过元化先生过目后才能发，"老先生很在乎这一点，对所有媒体记者都是这样的要求"。我至今尊敬元化先生，为自己没有完成对话整理抱有歉意。但当时我的想法是：法拉奇是不给采访对象审稿的。

在学校时还想过要给法拉奇写一本传记，到处找材料，卡片作了一大盒，终于没有动笔，只写过一篇一万多字的她的生平，发在《国际新闻界》，题目是什么现在也忘了。前几年国内出过一本同行写法拉奇生平的书，我看了他的引用书目，发现并不比我知道得更多，一时觉得丧气。有一天突然知道她得了癌症，又有一天突然知道她去世了。我有的多是惊讶，悲痛却很少。我当时很"文艺腔"地想："我麻木在了我曾经热爱的事业里，激情无可阻挡地蒸发，年复一年。"这本身倒是值得悼念的一件事。

三

　　陈明提议要和李泽厚搞一本对话集。他们在北大勺园里关了三天，聊了三天，录音机转了三天。读根据录音整理出来的《浮生论学》，别有一番趣味。李泽厚说陈明在对话中"没大没小"，"不仅直乎我名，有时还直言不逊，与我对长辈的态度截然不同"。但是李泽厚偏偏欣赏这位"小朋友"，说他直率痛快，口没遮拦，"交游也甚快活"。这样两个人的对话，我读起来"也甚快活"。他们说了很多和学问、学界、学人有关的事，而且是真话、真人、真事。当然也有欲言又止的时候，但为什么"欲言又止"的对话书里也都有，那确乎是原生态的对话，很真实。他们商量好"不谈政治"，免得给出版社添麻烦，他们把"免得添麻烦"的话全都保留，我由此相信：即使书里有不真实的地方，那也是"真实的不真实"。

　　2002年1月出版的这本新书，给了我一份惊喜。当然他们谁也不是法拉奇，我暂且一边读这一老一少的对话，一边等待中国法拉奇的出生。法拉奇的传记也用不着我写了，圣·阿里科的《女人与神话——奥里亚娜·法拉奇传》一年前就翻译成了中文。

2002 年 1 月 22 日

不忍重读

　　网络写作在许年多前不像现在这样"如火如荼如咖啡"，起码在"闲闲书话"是这样。我 2001 年 9 月 15 日初次撞进"书话"，发现虚拟世界竟然有这么一方谈书论文的净土，心里暗暗吃惊，觉得很像当时我曾经主编过的一份报纸文化周刊。当然比纸媒的读书版轻松多了，也随意多了，轻松得像过去大家庭里一帮兄弟姐妹打打闹闹的后花园，随意得像如今小圈子里几位亲朋好友吃吃喝喝的生日宴。开始发帖时的心情，是作文比赛交卷后等待老师判分的心情，是给远方的信寄出后期盼回音的心情。一次次地点击，一次次地刷新，渴望着别人的回复，急切地回复别人的回复，还很在乎帖子的点击次数，也希望别人说几句好话，又怕惹来一通批评。那份忐忑和焦急和等待，至今想来都觉好笑又好玩儿。那些日子，美国"9·11"硝烟未散，网络上的论坛到处是争吵，到处是喧哗，我躲在这片闲闲的空间，享受着围炉夜话的快乐，度过了一段好朋友聚了不想散、散了想再聚的温暖时光。

我知道一开始我发在书话的帖子算不上是真正的网络写作，那不过是纸媒上的白纸黑字复制到屏幕上的二手文章。直到开始了"非日记"系列，我才算是跨进了网络写作的行列，从此尝到了不一样的写作乐趣，也体会了无端的文字烦恼。四年多的时间里，我的帖子时多时少，可是在"闲闲书话"里潜水读帖却成了习惯，坚持至今，少有间断。我在这里读了很多原创的帖子，羡慕众网友立马可待的满屏锦绣，也欣赏他们自说自话的写作姿态，记住了很多的妙题妙文、妙句妙词，大大小小的教益真不知道获得了多少。我因此加倍关注"闲闲书话"网友文章结集的进度，相信文集的出版肯定能让我们重温昔日热帖的温度，想起某年某月某日某帖的几番热闹，记住网页上一闪而过或闪了又闪的精彩。日后在书店见了这样的集子，"书话"网友心中的滋味自是和别人不同，别人读的是难得一见的精彩文字，我们读的，却是旧梦重回的网络自我。

云也退兄传来了《书人闲话》的目录和文章。我原本是想先读读每一篇文字，可是看了目录，见到一个个熟悉的名字，我知道我其实不用详读文字了，就仿佛见了故乡人你不必问他的籍贯，听到一首老歌你不用再翻曲谱。我甚至有些不忍重读这些文字，怕书人远去的背影、山水遮蔽的绿色、美食飘散的香气，再一次酿成醉酒的味道。我只好衷心祝愿这几十篇偶然相聚的文字，能遍结爱书人的善缘。它们原是为"书话"而生，却未必是为出书而写，如今它们经有心人的摆渡，从虚拟的彼岸来到现实的此岸，开始了新一轮发帖跟帖的旅程。它们又何尝不是以现实的纸墨阅读，缔造了新一场虚拟的网友盛会？

我本无资格为一本这样的文集写序，可是云也退兄执意不退，我只能退到往事的云端里写下这些当不得序文的话。大部分书的序文都不如书的正文精彩，这一本更是如此。

2005 年 11 月 23 日

为什么是"夜书房"

　　谢谢你的电话。你问我的专栏名字为什么叫"夜书房"，是否有什么含义？实话说，没什么特别的含义，临时乱取的一个名字而已。当然，"书房"前偏偏加一个"夜"字，也不是一点儿道理没有。正好有一篇原来写好但未及见报的文字，引一段在这里，聊作答复：

　　我的书房是属于黑夜的。它像一处只在黑夜里开放的禁地，里面正连载一篇随笔体的今天和明天情节互不连贯的故事。它还像一个舞台，很多时候都是上演夜场戏，戏中的角色和传奇五花八门，古今中外，无奇不有，而我就是这场戏的导演。有趣的是，书房里的戏不是起始于幕布拉开，而是开场于窗帘拉上。

叶灵凤就曾这样写过。他说："在这冬季的深夜，放下了窗帘，封了炉火，在沉静的灯光下，靠在椅子上翻着白天买来的新书的心情，我是在寂寞的人生旅途上为自己搜寻着新的伴侣。"

这一刻，我坐在我的书房里，禁不住抬头看了看我书房的窗户。我当然看不见窗户，因为窗帘早已拉上了。我于是想到对于读书人而言，书房的窗帘其实就是人生的一道闸门。拉开窗帘，你就必须往前走，走向别人，走进无处不在无孔不入的规范，出门前弯腰系鞋带，正仿佛安顿好脚上的镣铐。回到书房，窗帘一拉上，你就自由了。

其实也不是什么了不起的自由，不过是随心所欲想些事情。这自由有点儿像许愿已久而总是无法读完的名著，到了晚上，才有心情掀开封面，翻到自己喜欢的章节，读上几页。当然也读不出什么惊天动地的大事，都是朦朦胧胧的断章，飘飘忽忽的碎片。

在书房里想过去是容易的，也是充满趣味的。你的眼睛只需像探照灯一样在一个个书架一排排书籍上扫过，说不清在哪一格的哪一本书的书脊上，你过去的一段时光就被照亮了。

我得理直气壮地承认，很多书我没好好读过。一定要读吗？你曾在某个时间喜欢它们，你把它们带回家，也就把你的一件旧情、一桩往事、一缕心绪夹在书页里带了回来。看它们一眼，你不就想起小城的春秋、校园的徘徊和20世纪90年代初深圳的炎热吗？流失的岁月正是你藏书的书签，找到书签，你就知道你的生命曾在什么地方停靠过。这就够了。

2005 年 9 月 12 日

图书在版编目（CIP）数据

夜书房：初集 / 胡洪侠著 . —杭州：浙江大学出版社，
2018.7

ISBN 978-7-308-18028-3

Ⅰ.①夜… Ⅱ.①胡… Ⅲ.①散文集－中国－当代 Ⅳ.① I267

中国版本图书馆 CIP 数据核字（2018）第 037534 号

夜书房：初集

胡洪侠 著

责任编辑	周红聪
文字编辑	李 卫
责任校对	王 军
装帧设计	周伟伟
出版发行	浙江大学出版社
	（杭州天目山路 148 号 邮政编码 310007）
	（网址：http://www.zjupress.com）
制　作	北京大有艺彩图文设计有限公司
印　刷	北京中科印刷有限公司
开　本	787mm×1092mm　1/32
印　张	10
字　数	136 千
版 印 次	2018 年 7 月第 1 版　2024 年 3 月第 3 次印刷
书　号	ISBN 978-7-308-18028-3
定　价	58.00 元

上架建议：随笔

ISBN 978-7-308-18028-3

9 787308 180283 >

定价：58.00元